Annemarie Nikolaus: Die Enkelin
Quick, quick, slow – Tanzclub Lietzensee

Annemarie Nikolaus

Die Enkelin

Quick, quick, slow – Tanzclub Lietzensee

1

„Vor – vor – seit – ran ...“ Die helle Stimme von Ines Grube übertönte die Musik. Neun Paare mühten sich, den Anweisungen der Trainerin zu folgen.

Madeline Lagrange stemmte ihren Arm gegen die Brust ihres Tanzpartners, um mehr Abstand zu schaffen. „Robert, du zerquetscht mich gleich!“

Robert Merck schürzte die Lippen, aber er lockerte seinen Griff. „Recht so?“ Spott klang in seiner Stimme. „Ich wusste nicht, dass du so zerbrechlich bist.“

Sie verdrehte die Augen. Dabei kam sie prompt aus dem Takt; Robert griff wieder fester zu.

Als sie an der geöffneten Tür vorbeitanzten, warf sie einen Blick auf die große Uhr über der Bar. Sah aus, als wäre sie zwischendurch stehen geblieben. Müsste die Stunde nicht gleich zu Ende sein?

Großpapa saß am Tresen und schien sie zu beobachten; seine Füße bewegten sich im Takt. Auch nach fast zwanzig Jahren hatte er noch nichts verlernt. Vielleicht sollte sie mit ihm üben statt mit diesem nervigen Typen.

Ines stellte die Musik aus und verordnete ihnen eine kurze Pause.

„Meine Güte!“ Madeline wischte sich mit dem Handrücken den Schweiß von der Stirn. Dann blickte sie auf ihre Füße. „Meine neuen Strümpfe dürften ruiniert sein.“

„Wenn du deine Füße aber auch immer unter die meinen stellst.“

„Ach, so ist das!“ Fand er das etwa witzig? Sie ließ Robert stehen und ging an die Bar.

„Meine Madeline!" George Lagrange hielt ihr mit strahlenden Augen ein Glas Mineralwasser entgegen. „Du bist weitaus besser als dein Partner. Wer ist das überhaupt?"

Marga Fischer, die neben dem Büro auch den Tresen betreute, langte nach Georges leerem Glas, in der anderen Hand die Rotweinflasche, um nachzuschenken. „Deiner Enkelin liegt der Rhythmus im Blut. Vom wem mag sie das wohl geerbt haben?" Mit einem Augenzwinkern schenkte sie ihm nach.

„Von meinem Sohn bestimmt nicht. Der hat schon wieder das halbe Labor in die Luft gejagt."

Marga starrte ihn erschrocken an. „Nein!" Sie lachte nervös. „Du ziehst mich schon wieder auf!"

„Keineswegs. Es stand gestern in der Zeitung." Auf seiner Stirn erschien eine Ärgerfalte. „Erzählt hat er es mir natürlich nicht." Er nahm Marga sein Glas ab und wandte sich wieder Madeline zu. „Also, wer ist das, mit dem du tanzt?"

Sie zuckte die Achseln. „Robert Merck. Sein Vater ist wohl ein Kollege von Klaus Wächter."

„Polizisten-Familie also." Die Falte auf Georges Stirn verschwand. Als Robert gleich darauf an den Tresen kam, blickte er dem jungen Mann freundlich entgegen.

Robert ließ sich von Marga ein Bier geben. „Das habe ich mir jetzt verdient."

„Was ist mit Fahren?", fragte Madeline spitz. „Du wolltest mich nach Hause bringen."

Er errötete bis zu den Haarspitzen. Madeline verbarg ihre Erheiterung hinter ihrem erhobenen Glas.

George kratzte sich nachdenklich am Kinn. „Werden Sie nach dem Schnupperkurs weiter bei uns tanzen?"

Roberts Blick ging zu Madeline. „Der Tanzclub Lietzensee hat einen bemerkenswerten Ruf; das gefällt mir gut. Ich denke schon – wenn sich eine Partnerin für den Tanzkreis findet?"

„Gewiss doch." George nickte zufrieden. „Dann auf eine gute Zeit." Er prostete Robert zu. „Ich habe Sie eben beobachtet."

„Und? Was denken Sie?“ Robert spannte sich an. „Kann ich hoffen, dass ich eines Tages perfekt bin?“

„Bah!“ Madeline schnaubte. „Was soll das? *Fishing for compliments*, Robert?“ Sie gab sich keine Mühe, ihre Verachtung zu verbergen.

„Du verstehst heute wieder mal keinen Spaß, Madeline! So oft habe ich dir doch gar nicht auf den Fuß getreten!“

George folgte Madelines unwillkürlichem Blick nach unten. Am rechten Fuß hatte sie einen Schmutzfleck neben dem Knöchel. „In Sandalen zu tanzen ist nicht sonderlich schlau. Leg dir richtige Tanzschuhe zu.“

„Wozu? Wenn ich mit denen einmal über die Straße gegangen bin, kann ich sie wegschmeißen.“

„Was machen Sie beruflich, Robert?“

„Nichts Besonderes.“ Er zuckte die Achseln. „Bezirksamt Reinickendorf. Aber gewiss nicht bis zum Ende meines Lebens.“ In seine Augen kam ein Glitzern. „Eine Karriere als Turniertänzer ... Da kommt man schon ins Nachdenken.“

„Ich war zu meiner Zeit recht erfolgreich. Vier Mal unter den ersten drei der deutschen Meisterschaft; ebenso zwei Mal bei den Weltmeisterschaften.“ Aber gewonnen hatte Großpapa nie; das verschwieg er den jungen Leuten stets. „Mein Vater war schon bei den Anfängen des Formationstanzes vor dem Zweiten Weltkrieg dabei. Madeline setzt die Tradition der Familie fort.“

Was fiel ihm ein? „Großpapa!“ Madeline schüttelte den Kopf. „Um einen Studienplatz in Medizin zu kriegen, weiß ich schon jetzt, womit meine Tage bis zum Abitur ausgefüllt sein werden.“

„Du bist doch so klug, Madeline. Ich kann mir gar nicht vorstellen, dass du so viel Zeit zum Lernen brauchst.“ Robert griff nach ihrer Hand. „Es geht weiter.“

„Ich trinke noch mein Wasser aus.“ Madeline entzog sich ihm und wedelte ihn in Richtung Tanzsaal. „Geh schon mal.“

Robert blickte zögerlich zwischen Madeline und dem Tanzsaal hin und her. Dann begann leise die Musik; gleich würde Ines weitermachen. Er setzte sich, immer noch zögerlich, in Bewegung.

„Puh!" Madeline seufzte, als er außer Hörweite war. „Er. Geht. Mir. Auf. Den. Geist."

„Wieso denn? Er ist doch nett! Und so ehrgeizig."

„Er ist halt nicht mein Typ."

George schmunzelte. „Und wer ist dein Typ?"

Sie blickte verträumt zur Decke. „Groß, schlank, schwarzhaarig. Erwachsen."

„Das klingt, als hättest du jemand Bestimmtes im Sinn. Bist du in einen deiner Lehrer verschossen?"

Madeline lachte; das ging Großpapa nichts an. „Ich geh dann mal wieder."

Nach zwei Schritten blieb sie jedoch stehen. Mit angehaltenem Atem starrte sie auf den Mann, der gerade hereinkam. Schlank und breitschultrig; Jeans und T-Shirt so eng, dass sich die Bewegungen seiner Muskeln darunter abzeichneten. Und schwarze Haare, wenn auch ein wenig zu kurz für ihren Geschmack. „*Wow!*" Sie atmete langsam aus. Hatte sie den etwa gerade herbeibeschworen?

Aus den Augenwinkeln immer noch den Mann im Blick, drehte sie sich zu Marga um. „Wer ist das denn?"

„Chris Rinehart, unser Caller!"

„Oh?" Was sollte das denn heißen?

„Madeline!" Robert winkte ihr heftig und sie setzte sich mit einem Seufzer wieder in Bewegung.

***

Chris' Blick hing an Madeline fest, die mit offensichtlicher Unlust zum Tanzsaal stöckelte. Ihr hübsches Gesicht war zu einer finsteren Grimasse erstarrt. Was tat das Mädchen hier, wenn es keinen Bock aufs Tanzen hatte?

„Guten Abend, Chris!" Marga riss ihn aus seinen Betrachtungen. „Ich habe für Ersatz gesorgt. Die Anlage war nicht mehr zu reparieren."

George zog die Brauen hoch. „Ersatz, Marga? Das ist in unserem Etat nicht eingeplant."

„Eine Reparatur auch nicht. Aber das geht schon. Ich habe mit Werner geredet."

Georges Stirn glättete sich ein wenig. „Du denkst auch immer an alles."

Marga senkte schnell ihren Kopf über die Spüle und stellte die leeren Gläser hinein. George schlenderte zum Tanzsaal. Chris gesellte sich zu ihm und lehnte sich in den Türrahmen.

Die meisten Paare boten noch immer ein Bild des Erbarmens. Und was Madeline mit ihrem Partner veranstaltete, sah mehr nach einem Ringkampf als nach einem langsamen Walzer aus. Warum überließ sie ihm nicht die Führung, wie es sich gehörte? Offensichtlich war dies hier nicht ihr Ding.

Ihre Blicke kreuzten sich; unwillkürlich lächelte Chris ihr zu. Sie errötete und blickte schnell weg. Chris mochte nicht wegsehen. Die weinrote Strähne in ihren zerzausten dunkelblonden Haaren gab ihr etwas Verwegenes, das ihn anzog. Es passte zu der Rangelei mit ihrem Partner.

„Der Kurs könnte an einem Abend gerne mal verlängern und ich zeige denen ein paar Square Dance-Schritte", sagte er zu George.

George versteifte sich. „Das ist ein Schnupperkurs für Gesellschaftstanz!" Er räusperte sich und danach klang seine Stimme weniger schroff. „Es ist schon problematisch genug, als Verein überhaupt einen Kurs durchzuführen."

Marga verdrehte die Augen; daraufhin verzichtete Chris auf eine Erwiderung.

2

George hatte natürlich beim nächsten gemeinsamen Essen mit der Familie davon geschwärmt, wie stolz er wäre, wieder eine Turniertänzerin in der Familie zu haben. Madelines Mutter Konstanze erinnerte ihn daran, dass Madeline jetzt für ihr Abitur pauken musste: Das nahm er noch hin. Ein wenig beleidigt war er aber, als Madeline erklärte, sie lerne nur für den „Hausgebrauch" tanzen: Als künftige Ärztin sollte sie es halt können. Da tröstete sie ihn mit dem Versprechen, nach dem Kurs im Tanzkreis weiterzumachen. Robert würde sie schon loswerden.

Am Freitag saß sie aber am späten Nachmittag immer noch am Schreibtisch und lernte für eine Klausur. Irgendwann las sie sich auf den Seiten von *PloS One* in den neuesten Medizin-Artikeln fest. Forschung wäre eigentlich eine spannende Alternative zu Auslandseinsätzen mit den „Ärzten ohne Grenzen". Statt auf den Bildschirm starrte sie nachdenklich auf die Afrika-Poster an der Wand.

„Madeline, Telefon!", riss Konstanze sie aus ihren Überlegungen.

Sie sprang die Treppe hinunter; Konstanze hielt ihr den Hörer entgegen.

„Hast du dein Handy abgeschaltet?", tönte ihr Roberts ärgerliche Stimme entgegen.

„Ja, sicher. Ich pauke."

„Weißt du, wie spät es ist?"

Sie blickte auf ihre Armbanduhr. „Das wäre wirklich nicht nötig gewesen, dass du anrufst, um mich das zu fragen!"

Als Robert explodierte, hielt sie den Hörer weit von sich und verdrehte die Augen.

„Warum hast du ihm nicht einfach abgesagt?", rief Konstanze von der Küche aus.

Madeline seufzte und hielt die Hand auf den Hörer. „Großpapa wäre enttäuscht, Maman." – Sie wandte sich wieder dem Telefon zu. „Hör zu, Robert. Falls du mir sagen willst, dass ich mich auf den Weg machen soll, dann mäßige dich."

„Natürlich möchte ich, dass du kommst. Bestell dir ein Taxi, damit du noch pünktlich bist. Ich zahle."

Gnade ihm Gott, er sagte ein Wort, wenn sie ankam.

***

Robert wartete an der Bar auf sie; er hatte sich wieder abgeregt. „Marga, kann ich ein Bier für mich und Madeline haben?"

„Robert, du hast sie nicht alle." Madeline ließ ihn stehen.

Im kleinen Tanzsaal stand ein Paar am Fenster und unterhielt sich leise. Nach der Erfahrung im Kurs stellte Madeline sich nur mit ihrem Vornamen vor.

Das Mädchen gab ihr die Hand. „Ich bin Tanja und das ist mein Bruder Axel. Er ist mein Partner hier im Tanzkreis." Partner? Madeline musterte sie misstrauisch. War das hier etwa nicht so wie in der Disco? Was für eine Bescherung.

Robert kam mit der Büchse zur Saaltür. „Wolltest du nun dein Bier oder nicht?"

„Nein danke. Keine Bierfahne."

Einen Augenblick sah er aus wie gescholten; dann stellte er sein Bier mit einem Achselzucken neben die Musikanlage. Er hatte aber schon getrunken. Als er sie zum ersten Tanz an der Hand nahm, wehte ihr der schale Geruch entgegen.

Robert rückte beim langsamen Walzer so nahe, dass seine Lippen fast ihr Ohr streiften. Wenigstens konnten ihre Ohren seinen biergeschwängerten Atem nicht riechen.

Dann trat er ihr mit voller Wucht auf den Fuß. „Wir sollten das Angebot deines Großvaters doch annehmen und uns von ihm trainieren lassen."

„Ich habe keine Zeit", zischte sie mit schmerzerfüllter Stimme. „Ich muss lernen."

„Einmal die Woche. Komm, sag zu."

„Dies hier ist einmal die Woche, Robert."

Die Musik lief aus; Ines kam auf sie zu. „Madeline, überlass mir für eine Minute deinen Partner."

Na, liebend gern! Ines übernahm die Führung und sorgte dafür, dass er seinen Kopf an der richtigen Stelle behielt.

Er nahm es sich aber nicht zu Herzen; er klebte anschließend wieder an Madeline. Der hoffnungsvolle Blick auf die Uhr nach jeder Runde wurde ihr bald von Tänzern verstellt, die sich an der Bar sammelten. Ergeben tanzte sie weiter.

Als die Stunde zu Ende war, war der Raum vor dem Tresen so voller Leute, dass sie kaum durchkam. Ein schlaksiger Blonder tat unversehens einen Schritt rückwärts und Madeline trat ihm in die Hacken.

„Verzeihung!"

Er wandte sich um und sie blickte in zwei fröhliche graublaue Augen. „Reife Leistung! Dass mich eine Frau von hinten tritt, passiert mir selten!" Mit beiden Händen fasste er sie an den Hüften. „Mit dir würde ich gerne einmal tanzen!" Er schob sie an sich vorbei.

Im ersten Augenblick wollte sie empört auf die Anmache erwidern, aber sein Lachen versöhnte sie. „Möchtest du dich schon mal für den Faschingsball eintragen?" Mit jedem würde sie lieber tanzen als mit Robert.

„Das ist mir zu lange hin!" Er hatte immer noch ein Lachen im Gesicht. Er schob sie noch einen Schritt weiter und ließ sie dann los.

„Versuch es mal mit Winterschlaf", gab sie zurück.

Er beugte sich zu ihrem Ohr und flüsterte: „Nicht weitersagen. Für den Winter habe ich schon bessere Pläne."

Sie schmunzelte. „Ohne mich? Was beklagst du dich dann?"

„Was bleibt mir anderes übrig? Nächste Woche fliege ich nach Singapur." Er lachte über ihr verdutztes Gesicht.

Singapur! Was für ein Kindskopf! So sah er nicht aus, dass er sich das leisten könnte. Immer noch lachend verließ sie die Vereinsräume. Was auch immer – auf jeden Fall lernte sie nette Leute kennen. Eine breitschultrige Gestalt mit schwarzen Haaren drängte sich in ihre Gedanken.

3

Als traue er ihr nicht über den Weg, tauchte George am Freitagnachmittag nach der Weihnachtspause auf und nahm Madeline dann zum Tanzkreis mit.

Langsam schlich er über die vereisten Straßen zum Verein. „Ines hat mir erzählt, dass du mit Robert nicht harmonierst. Rangelst du mit ihm um die Führung?“

„Er rangelt mit mir!“ Hoffentlich begriff er, dass sie nicht über Robert reden wollte.

„Er ist ein netter Kerl!“

„Gibt es jemanden im Verein, der nicht nett ist?“

Er lachte. „Manchmal! Aber die bleiben dann nicht lange.“

Sein Blick ging auf ihre Stiefel, als er ihr die Tür zum Aussteigen öffnete. „Hast du wieder nur Sandalen zum Wechseln mitgenommen?“

„Ich besitze keine anderen *High Heels*.“

„Du bist auch in flachen Schuhen nicht zu klein für Robert.“

„Vielleicht tanze ich ja mal mit jemand anderem.“ Sie stapfte hinter ihm durch den Schnee, den Turnbeutel mit den Sandalen schwenkend.

Punkt sechs betraten sie die Vereinsräume. Robert war noch nicht da. Andere fehlten auch; das Wetter mochte daran schuld sein. Vielleicht war das die Gelegenheit, sich einen anderen Tänzer zu angeln.

„Wie streng sind hier die Sitten, Großpapa? Wenn jemand zu spät kommt ...“

Er lachte. „Wir werden uns hüten, die Leute im Tanzkreis zu maßregeln. Es ist schon schwer genug, die Mitgliederzahl konstant zu halten.“

Sie hakte sich bei ihm ein. „Ich wusste nicht, dass der Verein ein Problem hat."

„Hat er auch nicht. Nicht mehr als alle anderen Tanzvereine auch."

„Versteh schon ... Wenn alle so denken wie ich: Tanzkurs muss sein, damit man sich nicht blamiert. Aber dann ..."

Georges Gesicht verfinsterte sich. Hatte er immer noch die Hoffnung, sie würde sich im Verein engagieren?

Ines kam aus dem Büro auf sie zu. „Madeline? Robert kommt heute nicht. Ich habe dir einen Gastherrn besorgt." Sie deutete in den Tanzsaal. An der Anlage, mit dem Rücken zu ihr, stand ein schlaksiger Mann mit blonden Haaren.

„Siehst du, Großpapa. Für den brauche ich hohe Absätze."

Absätze! War das nicht der Typ, dem sie neulich in die Hacken getreten war? Wer auch immer, es war jedenfalls nicht Robert.

Sie folgte Ines und der Mann an der Anlage drehte sich um. Tatsächlich.

„Wer ist das?", flüsterte sie Ines ins Ohr.

„Hinnerk Martens. Studiert Geologie oder Geographie. Irgend so etwas."

Sein amüsiertes Lächeln zeigte, dass er Madeline wiedererkannte. „Hallo Ines, ist das die Arme, die heute Abend mit mir tanzen muss?"

„Madeline hat mit dem letzten Schnupperkurs angefangen zu tanzen. Also sei nachsichtig."

„Als ob ich dies hier viel besser könnte." In seinen Augen glitzerte der Schalk. „Wir werden uns schon zusammenraufen."

„Ich weiß schon jetzt, dass es mir Spaß machen wird, mit dir zu tanzen." Sie lachte ihn an. „Du beklagst dich nicht über Fußtritte."

Er hakte sie unter. „Vielleicht arbeite ich an einer Revanche. Ines hat heute Tango im Programm. Das wäre ideal."

„Für einen Tritt von hinten?"

„Für einen Tritt von hinten."

„Da muss ich dich enttäuschen: Diese komplizierten Figuren haben wir noch nicht gelernt."

„Treten ist ganz unkompliziert."

Das erste war aber ein langsamer Walzer. Hinnerk hatte einen sanften Griff, korrekt auf ihrem Schulterblatt. Nach zwei Minuten verstand sie seine Signale und entspannte sich. „Ich wusste, dass es Spaß machen wird."

Er lachte und lenkte sie in eine Seitwärts-Bewegung. „Für eine Anfängerin tanzt du ziemlich gut. Begabt."

„Wieso sagte Ines, du wärest zur Aushilfe?"

Hinnerk zuckte die Achseln. „Vielleicht, weil ich einspringe, wenn ich Zeit habe? Wenn ich in Berlin bin."

„Wohnst du nicht hier?"

„Ich studiere sogar hier. Aber ich arbeite oft im Ausland."

„Und das geht?"

„Es ist sogar ein Glücksfall. Ich sammle Erfahrungen in meinem Studienfach und habe vielleicht schon einen Job für später. Ich war wirklich in Singapur in den Weihnachtsferien." Er grinste. Wieso hatte er gemerkt, dass sie ihm nicht geglaubt hatte? „Geologische Untersuchungen für einen neuen Flughafen-Standort."

Am Ende des langsamen Walzers nickte Ines Madeline anerkennend zu. Hoffentlich würde sie es nicht wieder brühwarm dem Großpapa erzählen.

Den Rest des Tanzkreises unterhielt Hinnerk sie mit Anekdoten aus seinen Auslandseinsätzen. Anders als Robert war es ihm egal, in welchem Licht er dabei erschien. Er hatte kein Problem damit, Fehler zuzugeben. Freilich war er eindeutig Lernender, während Robert seine Ausbildung abgeschlossen und eine richtige Verwaltungsstelle hatte.

Hinnerk wurde ihr immer sympathischer und am Ende suchte sie nach einem Dreh, weiter mit ihm zu tanzen.

„Nun weiß ich immer noch nicht, warum du nur ersatzweise tanzt. Du kannst es so gut." Vielleicht nützte es etwas, wenn sie ihn umschmeichelte. „Fehlt dir wegen der Auslandsjobs eine feste Partnerin?"

Er feixte. „Bietest du dich dafür an?" Sie wurde rot und er ließ wieder den Schalk in seinen Augen tanzen. „Du brauchst dich nicht zu genieren, dass du gefragt hast." Sein Blick leuchtete auf. „Vielleicht wärest du sogar Grund genug, etwas Regelmäßiges daraus zu machen."

„Ja?" Alle Erwartung, die sie zustande brachte, legte sie in ihren Blick.

Er stupste sie auf die Nase. „Dagegen spricht zweierlei: Erstens, dass du einen Partner hast."

Sie verzog das Gesicht.

„Aha!" Einen Moment lang sah er sie nachdenklich an. „Zweitens, dass diese Gesellschaftstänze mich nicht wirklich vom Hocker reißen. Ist mir zu ... zu ..." Er zuckte die Achseln.

„Und wieso machst du das dann?"

„Weil ich ein netter Mensch bin vielleicht?" Er grinste frech.

„Du ziehst mich auf!" Sie trat ihm auf den Fuß.

„Das war Absicht, Madeline. Das ist nicht nett von dir."

„Vielleicht, weil ich kein netter Mensch bin." Sie schnaufte. „Du bist im Verein; das hat einen Grund. Wieso, wenn dir das hier nicht zusagt?"

„Weil der Verein höchst ungewöhnlich entschieden hat, sich eine Square Dance-Gruppe zu leisten. Das macht Spaß!"

Madeline sah ihn misstrauisch an. „Wieso? Wo ist der Unterschied?"

„Weiß nicht. Die Leute vielleicht? Die Musik?" Er zuckte wieder die Achseln. „Schau es dir halt an."

Warum wollte er das? „Ich habe keine Zeit, mich extra auf den Weg zu machen."

„Wir tanzen auch freitags."

Ihr ging ein Licht auf. „Warst du deshalb letztens hier?"

Er nickte. „Wechselt mit dienstags ab. Es hängt an den Schichtdiensten von Chris."

Chris — der tolle Mann, den sie herbeigezaubert hatte ... Jetzt wurde es interessant.

„Die vielen Leute an der Bar?"

„Wir brauchen viele Leute; sonst können wir nicht tanzen." Er blieb stehen und sah sie fragend an. „Weißt du überhaupt, was Square Dance ist?"

„Weiß das nicht jeder? Kommt in allen Western vor."

Er blickte ein wenig argwöhnisch drein, aber dann begnügte er sich mit ihrer Antwort. Sollte sie ihm zusagen? Am Ende verstand er das falsch. Wenn die Square Dancer wieder freitags tanzten, würde sie einfach reinschauen.

4

Am folgenden Freitag rief sie Ines an und fragte, ob Robert wieder abgesagt und sie Hinnerk als Tänzer hätte. Ines fand es bestimmt komisch; aber das war ihr egal.

„Es tut mir leid; er kommt", bekam sie zu hören. Ines lachte leise. „Ich sag das ganz im Ernst, weil ich schon begriffen habe, dass du mit Robert nicht klarkommst. – Warum sagst du ihm nicht, dass du nicht mit ihm tanzen willst?"

„Weil er dann keine Partnerin hätte."

„Und sich in einem anderen Verein umtun würde? Madeline, lass das nicht zu deinem Problem werden."

Sie seufzte. „Ich möchte gerne selbst mehr lernen. Deshalb will ich ihn nicht ... vor den Kopf stoßen."

„Du kannst gar nicht anders. Früher oder später. Vielleicht solltest du es hinter dich bringen?"

Das wurde ihr jetzt zu persönlich; sie wechselte schnell das Thema. „Also, Hinnerk ist heute Abend nicht da."

„Nicht bei uns!" Ines klang plötzlich ein wenig spitz; schätzte sie Hinnerk denn nicht? Aber vielleicht schätzte sie nur seine Bereitwilligkeit einzuspringen. Erwachsene dachten einfach zu kompliziert.

Madeline stellte sich mit zwei Röcken vor den Spiegel. „Nicht bei uns." Das hieß, Hinnerk würde da sein, wenn der Tanzkreis zu Ende war. Sie entschied sich für den weit schwingenden Seidenrock, der ihr bis übers Knie reichte.

Während sie sich im Bad die Lippen mit einem Konturenstift nachzeichnete, kam Konstanze hoch und blieb mit einem erstaunten Blick im Türrahmen stehen. „Mir scheint, du hast heute vor, in eine Schlacht zu ziehen." Sie grinste. „Soll ich dir etwas von meiner Kriegsbemalung leihen? Ich habe einen Eyeliner, der zu dem Rock passt."

Sie ging an den Spiegelschrank und suchte den Eyeliner, ohne auf Madelines gestotterte Antwort zu achten. Dann setzte sie sich auf den Hocker und zog sie zwischen ihre Beine. „Augen zu!" Der Pinsel strich ihre Wimpernlinien entlang. „Augen auf!" Konstanze konturierte den unteren Rand der Augen. Dann nickte sie zufrieden. „So werden sich alle nach dir umdrehen. Du wirst dich vor Tanzpartnern nicht retten können."

„Aber Maman! Weißt du nicht, dass wir dort unsere festen Partner haben?"

„Doch! Aber ich weiß auch, dass du gerne einen anderen Partner hättest." Sie räumte den Eyeliner wieder weg. „Wenn du keinen Spaß hast, dann kannst du es wahrhaftig bleiben lassen. In der Disco hast du genauso viel ,Sport'."

„Wenn Großpapa dich jetzt hören würde, ...""

„... dann bekäme er einen Herzanfall. Er hört es ja nicht. Dass dieser Robert dir nicht behagt, ist ein gutes Argument aufzuhören."

Madeline umarmte sie. „Danke, dass du auf meiner Seite stehst."

„Dafür sind Mütter da!" Ein beruhigender Gedanke. Konstanze würde schon was einfallen, wie sie da wieder herauskam, ohne Großpapa allzu sehr zu kränken.

Der Tanzkreis war komplett versammelt; wieder stand Robert mit einem Bier in der Hand am Tresen. Sofort stieg Zorn in Madeline hoch. War er so blöd oder ignorierte er bewusst, dass sie es widerlich fand, mit einer Bierfahne zu tanzen?

Er streckte die freie Hand nach ihr aus. „Du bist heute Abend noch schöner als sonst. Kaum zu glauben." Er zog sie näher zu sich, obwohl sie sich unübersehbar versteifte.

Ignorant! „Wieso?" Sie setzte ein zuckersüßes Lächeln auf und hangelte sich auf einen Barhocker. „Bin ich mir heute so unähnlich? Du hast mich doch erkannt!"

„Dich würde ich überall und in jeder Verkleidung erkennen." Er spitzte die Lippen. Wie konnte sich ein erwachsener Mann wie ein Pennäler benehmen! Aber natürlich – Mitte Zwanzig war noch nicht erwachsen, wenn es sich um einen Mann handelte.

Von Hinnerk keine Spur; aber es war noch viel zu früh für die Square Dancer. Und wenn sie heute gar nicht tanzten?

„Marga, warum haben die Square Dancer keinen festen Termin? Das macht es doch schwierig für die Raumplanung."

„Sie haben zwei feste Termine; nur nehmen sie die nicht jedes Mal als Gruppe wahr. Oft kommen nur einzelne Paare für ein freies Training."

„Warum das denn?"

„Deswegen!" Marga deutete zur Tür und Madeline drehte sich um.

Ein Feuerwehrmann betrat den Raum.

„Was ...?"

Chris – der Mann, den Marga als Caller bezeichnet hatte. Nachdem sie bei Wikipedia nachgelesen hatte, wusste sie, dass der eine Art Trainer für die Square Dance-Gruppen war. „Was macht er bei der Feuerwehr?" Er hatte Rußspuren im Gesicht und sah erschöpft aus.

„Sanitätsdienst. Chris kann seine Schichten nicht immer so legen, dass er die Gruppe trainieren kann. Und zuweilen sagt er von einer Minute zur anderen ab, weil er nicht fortkommt."

„Weil es irgendwo brennt."

Chris bemerkte Madelines Blick und erwiderte ihn mit einem amüsierten Lächeln. Worüber amüsierte er sich? In seinen braunen Augen tanzte ein Licht, das ihnen goldene Reflexe verlieh.

Er kam mit abgewinkelten Armen an den Tresen. „Schließt du mir bitte die Dusche auf, Marga? Ich möchte nicht auf allem meine Spuren hinterlassen.“

Marga griff unter dem Tresen nach dem Schlüssel.

„Ich mach das schon.“ Madeline langte danach. „Du hast hier genug zu tun.“

„Du bist neu! Kennst du dich aus?“

Madeline öffnete den Mund für eine schnippische Entgegnung; da grunzte Robert verärgert. Sie nickte, den Blick auf Chris. Bestimmt hatte er es nicht unfreundlich gemeint.

Umständlich hievte sie sich vom Barhocker hinunter. Er konnte ihr natürlich nicht helfen; aber Robert hätte nur eine Hand auszustrecken brauchen. Sonst tatschte er sie doch auch ständig an.

Sie ging neben Chris den Flur entlang. „War es schlimm?“ Robert sollte sich nur ärgern, wenn sie sich mit ihm unterhielt.

„Das Feuer?“ Das Licht verschwand aus seinen Augen. „Ein Kind. Aber es wird am Leben bleiben.“

„Was machst du da? Erste Hilfe?“

„Auch.“ Er deutete auf eine der Türen. „Ich nehme die da.“

Nachdem er in der Dusche verschwunden war, blieb sie noch einen Moment unschlüssig stehen. Sie hätte gerne weitergeredet. Sanitäter bei der Feuerwehr im Brandeinsatz; das war bestimmt spannend. Bisher hatte sie nur an die Ambulanzen und den Notarzt gedacht. Ambulanzdienst machte er bestimmt auch.

Robert hatte ein neues Bier vor sich stehen.

„Willst du das jetzt noch trinken?“ Sie blickte auf die Uhr. „Wir fangen gleich an.“

„Du warst ja nicht da!“, fauchte er.

„Was dachtest du, wie lange es dauert, eine Dusche aufzuschließen?“

Sie ließ ihn stehen und ging in den Tanzsaal. Werner Heinemann, der Kassenwart, war an diesem Abend allein und gerne bereit, mit ihr zu tanzen. Aber als die ersten Takte erklangen, kam Robert angeschossen. Ohne zu fragen, zog er sie weg. Vor Überraschung vergaß auch Werner zu protestieren.

„Robert!" Ines' scharfe Stimme übertönte die Musik.

„Ich habe alles im Griff", rief er ebenso laut zurück. Wohl wahr. Aber dies war der letzte Abend, an dem sie mit ihm tanzte.

Als sie ihm zum zweiten Mal auf den Fuß trat, blieb er stehen. „Wenn du so weitermachst, wirst du nie eine gute Tänzerin!"

Sie ließ ihn los. „Ich kann mich nicht konzentrieren, wenn du mir ständig deinen Bieratem ins Gesicht bläst."

„Ich jedenfalls will es lernen." Roberts Stirnader begann zu pulsieren; er packte sie fester. „Komm her!"

„Dann such dir eine Partnerin, die deinen Ansprüchen gewachsen ist." Aber sie sollte ihm trotzdem nicht mit Absicht auf den Fuß treten; als unfähig wollte sie nun auch wieder nicht gelten.

Gleich darauf lenkte sie Hinnerks Lachen ab, das bis zu ihnen in den Saal drang, und sie trat ihn doch noch einmal. Das Stimmengewirr an der Bar wurde lauter; dann schloss Ines die Tür. Madeline nahm sich zusammen und überstand den Rest des Tanzkreises ohne weitere Zwischenfälle.

Sie wartete, bis alle den Saal verlassen hatten. „Robert, vielleicht solltest du dir eine neue Partnerin suchen."

„Aber Madeline! Dein Großvater ..."

„... muss nicht mit dir tanzen. Ich bin es leid, dass du mir hinterhersteigst. Ich. Will. Nicht."

Robert starrte sie an. In seinem Gesicht wechselte Unglauben mit Enttäuschung, Enttäuschung mit Ärger. „Das hättest du mir auch eher sagen können."

Was hätte er davon gehabt? Sie fragte ihn lieber nicht; diese Diskussion brauchte sie nicht.

Wieder erklang Hinnerks Lachen, lockte sie. Sie reckte den Hals. Tanja Walters stand neben ihm. Wo kam die denn plötzlich her; jetzt, wo der Tanzkreis zu Ende war?

Robert folgte ihrem Blick, Er musterte das Mädchen ausgiebig. „Ja, dann ... Dann sehen wir uns nächsten Freitag wohl nicht.“

„Es tut mir leid.“ Aber das war nicht wahr; sie hatte es gesagt ohne nachzudenken.

Zu Hinnerk und Tanja hatte sich jetzt eine zweite Frau gesellt; deutlich älter, Ende dreißig vielleicht. Sie diskutierten; den Bewegungen zufolge, über Tanzschritte.

Tanja schüttelte gerade heftig den Kopf, als jemand von hinten auf sie zutrat und sie an den Schultern nahm. Sie wandte sich lachend um und begrüßte ihn mit einem Küsschen. Dann kam sie auf Madeline zu.

„Wo hast du heute deinen Bruder gelassen?“, fragte Madeline.

Tanja zuckte die Achseln. „Der hat sich eine fette Grippe eingehandelt. Deswegen konnte ich den Tanzkreis heute auslassen. Den mache ich eh nur Axel zuliebe mit.“

„Und warum bist du trotzdem jetzt hier?“

„Deswegen.“ Tanja deutete zum großen Saal hinüber.

Madeline schaute sie perplex an. „Sag bloß, du machst auch Square Dance!“

„Klar. Ist viel lustiger!“

„Das hat Hinnerk auch schon gesagt.“

„Was ist mit mir? Habt ihr etwas an mir auszusetzen?“ Plötzlich stand er hinter ihnen.

Tanja lachte und lehnte sich an seine Schulter. Madeline durchzuckte es wie Neid.

„Tanja ist deine Partnerin?“

„Nein.“ Er feixte. „Sie hat jemand Besseres gefunden.“ Er

deutete auf einen gut aussehenden Mann, dessen Haare noch blonder als seine eigenen waren.

„Du wärest genauso gut wie Micky, wenn du regelmäßig tanzen würdest." Tanja senkte ihre Stimme. „Und eine begabtere Partnerin hättest."

Hinnerk zuckte die Achseln. „Es geht nun einmal nicht anders. Und solange es Bettina mit mir aushält ..."

Chris kam den Flur entlang gestiefelt. Die Uniform hatte er gegen Stiefel im Western-Design, eine eng anliegende schwarze Jeans und ein rotes Hemd eingetauscht. Seine Haare schimmerten feucht von der Dusche und er trug ein fröhliches Lächeln im Gesicht. Was für ein Mann!

Sein Blick kreuzte den von Madeline und sein Lächeln vertiefte sich.

Langsam kam er an die Bar, den Blick auf ihrem Gesicht. „Bist du wegen uns geblieben?" Wie kam er nur darauf?

Bevor sie es leugnen konnte, antwortete Hinnerk. „Ich habe Madeline vorgeschlagen zuzuschauen", sagte er. „Weil sie den Gesellschaftstanz eigentlich gar nicht mag."

„Zuschauen?" Chris schmunzelte. „Besser, du probierst es gleich aus."

Tanja krauste die Stirn. „Allerdings ..." Sie wandte sich um und winkte ihrem Partner. „Micky, darf ich dich verleihen?"

„Auf keinen Fall!" Er blickte wie suchend umher. „Mit wem soll ich dich betrügen?"

Sie hakte Madeline unter. „Madeline ist neu im Verein und noch nicht festgelegt. Wir könnten sie für unsere Gruppe gewinnen, wenn du einen guten Eindruck machst."

„Oh je." Micky machte ein betretenes Gesicht. „Ausgerechnet mir weist ihr eine solch verantwortungsvolle Aufgabe zu?"

Madeline hörte dem Wortwechsel mit wachsendem Vergnügen zu. Dann schüttelte sie trotzdem den Kopf. „Erst einmal schaue ich zu. Ich habe zwar nachgelesen, aber trotzdem keine rechte Vorstellung." Ihr Blick ging zu Chris. „Du arbeitest anders mit der Gruppe als andere Tanz-Trainer?"

„Chris ist kein Trainer; er ist unser Caller." Micky boxte ihm in die Rippen. „Unentbehrlich. Verschlagen."

„Verschlagen?" Madeline blieb der Mund offen stehen.

„Was er sich manchmal ausdenkt, das geht auf keine Kuhhaut. Können die echten Amerikaner nicht."

Chris lachte. „Bin ich kein echter Amerikaner?"

„Du musst das nicht selber ausführen, was du von uns verlangst."

„Lasst uns anfangen, bevor es noch mal brennt." Chris wies sie zum Saal. „Ich habe Rufbereitschaft."

Madeline setzte sich auf einen Barhocker, um zuzusehen.

Die Tänzer stellten sich in zwei Quadraten auf. Chris blickte zu ihr; sein Grinsen wurde herausfordernd, während er ihr winkte. Sie errötete und drehte sich schnell zu Marga um.

„Ich muss morgen nicht pauken. Gib mir bitte einen Prosecco."

„Was ist mit dir?"

Sie grinste. „Ich feiere jetzt die Befreiung von Robert. Ich hoffe, er findet die nächste Partnerin in einem anderen Verein."

„Er ist kein übler Kerl, Madeline. Nur ein bisschen einsam."

„Das wundert mich nicht." Als sie Chris' Stimme hörte, warf sie wieder einen Blick in den Tanzsaal. Er sprach jetzt englisch und hatte einen Tonfall, der scharf und bestimmt klang. „Hört sich an wie Ines hoch Zwei. Muss er ihnen jeden Schritt vorsagen?"

Marga lachte. „Was glaubst du, was das andernfalls für ein Durcheinander gäbe." Sie schmunzelte. „Durcheinander ist sowieso."

Chris kommandierte. Die Tänzer liefen im Kreis, die Frauen mit der Uhr, die Männer gegen den Uhrzeigersinn; im Vorbeigehen gaben sie sich die Hand. Dann wurde es unübersichtlich; sie trafen sich irgendwie in der Mitte der Squares und plötzlich hatte jeder einen anderen Platz.

„Ringelreihen für Erwachsene. Gibt es überhaupt Turniere für die Square Dancer?"

„Das kannst du nicht vergleichen. Es sind wohl mehr ... Familientreffen. Oder so."

Madeline kicherte. „Typisch amerikanisch also." Sie drehte sich ganz zum Saal um. Wieder kreuzte ihr Blick den von Chris und da prostete sie ihm einfach zu. Aber statt dass es ihr half, ihre Verlegenheit zu überwinden, fühlte sie sich von seinem intensiven Blick noch mehr eingeschüchtert. Irgendwie hatte er wenig Ähnlichkeit mit den Amerikanern, die sie als Kind in Zehlendorf gesehen hatte. Kein Igelschnitt, kein Kaugummi im Mund. Aber vielleicht waren die Amerikaner anders geworden, seit sie nicht mehr Besatzer waren, wie Großmama sie immer genannt hatte.

Er ging auf eines der Paare zu und nahm den Platz des Mannes ein. Die Tänzerin lachte, als sie sich in seinen Arm hineindrehte. Selbst auf diese Entfernung war unübersehbar, dass Chris sich versteifte, als ob sie ihm bei der Bewegung zu nahe gekommen wäre. Ob die Frauen aus der Gruppe hinter ihm her waren? Ein Mann, der so aussah, ließ bestimmt nichts anbrennen.

Dann schaltete Chris die Musik ein; sie klang überraschend modern. Die Tänzer bewegten sich im Rhythmus der Musik auf ihren Plätzen; er nahm ein Mikrofon in die Hand. *„And bow to the partner ... join and circle to the left, circle to the right and promenade ..."* Die Calls nahmen mehr und mehr die Melodie auf – und dann sang er sie.

Madeline starrte ihn mit offenem Mund an. Seine Stimme war voll und tief und so sexy, dass es ihr den Atem verschlug.

Als ihr Blick erneut auf den seinen traf, lachte er. Er lachte sie an und lockte sie mit einer Handbewegung, näher zu kommen. Sein Lachen erreichte die Augen und er leckte sich über die Oberlippe; eine träge, sinnliche Bewegung. Was waren das für Gedanken, die sich da in ihr Hirn schlichen? So hatte sie noch keiner angesehen.

Er zog sie an; sie rutschte vom Barhocker und ging zur Saaltür.

Chris sang weiter; die Tänzer kehrten zu ihren ursprünglichen Partnerinnen zurück und drehten sie im Kreis. Er beobachtete das Ganze, bis die Bewegung zu Ende war und alle wieder an ihrem Platz standen.

Dann drehte er die Musik leiser. „Ich habe eine neue Folge ... Eine Partnerin zum Vorführen ...“ Sein Blick ging von einer zur anderen, dann wandte er sich zur Seite. In seinen Augen funkelte es spitzbübisch, als er auf Madeline zukam. „Da dies noch niemand kennt, brauchst du dich nicht zu fürchten.“

Unwillkürlich reckte sie sich. „Warum sollte ich mich fürchten?“ Aber sie wich doch einen halben Schritt zurück, als er die Hand nach ihr ausstreckte. Wollte sie sich nicht lächerlich machen, musste sie wohl mitgehen.

„Ich wollte doch nur zugucken“, flüsterte sie in sein Ohr. Der herbe Duft seines Haarshampoos stieg ihr in die Nase.

Chris streichelte mit dem Daumen ihren Handrücken und ihr Mund wurde trocken. „Es ist nicht schwer“, flüsterte er zurück.

Madeline konzentrierte sich auf ihre Füße, als er die Schrittfolge ansagte und sie dabei in die Bewegung führte. Seine linke Hand lag auf ihrer Hüfte und dirigierte sie mit sanftem Druck. Sie blickte stur nach unten.

Nachdem er die kurze Folge langsam zwei Mal mit ihr zusammen vorgemacht hatte, stellte er die Musik wieder lauter und tanzte die Bewegung mit ihr. Er hatte dabei nicht nur mehr Schwung; in der Drehung zog er sie auch viel dichter an sich heran. Als er sie im Arm hatte, hielt er sie einen Moment fest. Sein Atem streichelte ihr Gesicht und sie spürte jeden Muskel in seinen Oberschenkeln.

Mit Robert hätte sie schon längst angefangen zu rangeln. Noch bevor er ihr so nahe gekommen wäre. Doch dies fühlte sich nicht an, als dränge er sich ihr auf. Sie blickte Chris direkt in die Augen. Die Lachfältchen vertieften sich, als er es bemerkte. Wie alt mochte er sein?

Er beugte sich an ihr Ohr. „Du machst das gut!“

Madeline lachte nervös. „Das wäre ja noch schöner, wenn du mich jetzt blamiert hättest.“

Er nickte. „Dann wäre ich ein schlechter Lehrer.“ Er blieb stehen und ließ sie los, um sich den Squares zuzuwenden. „Okay?“ Er griff zum Mikrophon; dann sah er mit gerunzelter Stirn zu Madeline. „Tanja, überlässt du Madeline für zehn Minuten deinen Partner?“

Tanja lachte. „Das habe ich schon vorausgesehen.“ Sie trat aus ihrem Square und ging auf Madeline zu. „Nicht feige sein.“

Madeline reckte den Kopf. „Ich habe gleich gesagt ...“

Tanja unterbrach sie mit einem Lachen. „Mitgefangen, mitgehangen.“

Chris runzelte misstrauisch die Stirn. „Was heißt das?“

„Ein alter Spruch. Aus der Steinzeit oder so.“ Madeline reckte ihr Kinn noch höher und stellte sich neben Micky. „Immerhin riskierst du keine Tritte, wenn du dich auf diesen Tausch einlässt.

„Das spricht eindeutig dafür, Square Dance den Vorzug zu geben; meinst du nicht?“ Micky hakte sie unter und Chris begann die Calls. Zu Madelines Entsetzen begann er aber nicht mit dem, was sie gerade mit ihm geübt hatte. Sie zögerte, aber Micky schob sie in die Richtung, die sie einschlagen sollte.

Wieder traf ihr Blick auf Chris. Er sah sie herausfordernd an. Da würde sie gewiss nicht kneifen; was dachte er sich dabei?

Kurz darauf flüsterte er mit Tanja, den Blick unentwegt auf Madeline gerichtet. Tanjas Blick wurde immer schadenfroher.

„Du kommst hier nicht mehr weg, Madeline." Auch Micky feixte nun. „Tanja heckt etwas aus." Er tauschte einen verschwörerischen Blick mit Hinnerk, als sich die beiden Männer gleich darauf die Hände gaben. Als Madeline zur Uhr über der Bar schielte, waren es weit mehr als zehn Minuten, die sie jetzt Micky folgte. Es fühlte sich gar nicht so an. Die Zeit war im Nu verflogen.

Chris spielte ein schnelleres Stück an. Dann stoppte er die CD und kam auf sie zu. „Magst du bis zum Ende der Stunde weitermachen?"

Dass er sie überhaupt fragte, überraschte sie nun doch. Sie suchte nach einem Zeichen von Tanja und als das Mädchen ihr zunickte, war sie einverstanden. Hinnerk machte eine Pantomime des Beifalls; natürlich. Übermütig lachte sie auf, bevor sie sich von Micky erklären ließ, was er jetzt von ihr erwartete.

Dieser Tanz hatte viele schnelle Drehungen und ihr Square erreichte einen neuen Höhepunkt an Albernheiten und Gelächter. Chris stand grinsend vor der Anlage und sang die Calls.

Madeline strahlte ihren Tanzpartner an; dann strahlte sie Hinnerk an und schließlich auch noch Chris. Unfassbar, dass Großpapa eine solche Gruppe in seinem Verein hatte. Es passte so gar nicht zu ihm.

Nach der Stunde standen alle an der Bar und Marga stellte zwei Flaschen Prosecco, einen Beaujolais Primeur und einen Edelzwicker auf den Tresen.

„Meine Runde", sagte ein Mann, der etwa so alt wie Chris sein musste. Er streckte Madeline die Hand entgegen. „Ich bin Norbert Kaminski. Machst du jetzt bei uns mit?"

„Tja." Madeline stieg die Hitze ins Gesicht. „Ich bin im Tanzkreis und war einfach neugierig. Eher höre ich ganz auf mit dem Tanzen."

Chris sah zu ihnen herüber. „Warum das denn?"

„Keine Zeit." Madeline zog die Schultern hoch. „Ich brauche ein Einser-Abitur."

Norbert lächelte. „Es ist nicht gesund, den ganzen Tag an der Schulbank oder am Schreibtisch zu hocken. Du weißt doch ‚Mens sana ...‘“

Madeline kicherte. „Jetzt bist du entlarvt. Du bist Lehrer!“

Das schallende Lachen der Umstehenden und die flammende Röte in Norberts Gesicht bestätigten, dass sie ins Schwarze getroffen hatte.

Hinnerk trat von hinten an Madeline heran und reichte ihr einen Prosecco. ‚Hab gesehen, dass du ständig dieses Bitzelwasser trinkst.‘ Sein zweites Glas, einen Rotwein, gab er Norbert, der daraufhin die Stirn runzelte.

„Ich war schneller.“ Hinnerk grinste ihn an.

„Das war heute meine Runde.“ Norbert blickte noch finsterer.

Hinnerk schlug ihm auf die Schulter. „Ach was! Halte dein Geld besser zusammen; sonst kriegst du wieder Ärger mit deiner Ex.“

„Wollt ihr jetzt diskutieren, wer von euch mehr pleite ist?“ Tanja nahm einen kräftigen Schluck von ihrem Edelzwicker. „Gegen mich kommt ihr eh nicht an.“

„Dann sollten wir dir extra einen ausgeben.“ Das aufwändig frisierte Mädchen, das mit Norbert getanzt hatte, stieß Tanja in die Seite. „Oder ich gebe dir etwas von meinen Trinkgeldern ab.“

Trotz der überdrehten Frisur gefiel Madeleine das Mädchen auf Anhieb. Plötzlich wurde ihr bewusst, wie viele aus der Gruppe ihr vom ersten Augenblick an sympathisch waren. „Arbeitest du in einem Restaurant?“

Das Mädchen presste die Lippen zusammen; einen Moment lang sah es ganz verbiestert aus. „Nein!“ Wieder die verbiesterte Miene. „Ich lerne Friseurin.“

„Oh, deswegen hast du so eine tolle Frisur!“

„Das ist aber auch das einzige, was Carola von dieser Lehre hat!“ Norberts Miene spiegelte Carolas Gedanken.

„Warum lernst du das dann?" Madeline wurde rot bei der Frage; hoffentlich war das jetzt nicht zu aufdringlich. Aber Carola zuckte bloß mit den Achseln. Okay, kein Thema für hier.

Carola wandte sich Chris zu und sofort war die schlechte Laune aus ihrer Haltung und ihrem Gesicht verschwunden. Ihre Augen blitzten vergnügt, als sie mit ihm sprach. Bestimmt war sie in ihn verknallt.

Madeline begann nervös auf ihrer Unterlippe zu kauen. Warum störte es sie eigentlich? Sie traf auf Margas wachsamen Blick und errötete schon wieder. Hastig stellte sie ihr halbvolles Glas auf den Tresen. „Ich muss leider nach Hause. Pauken!" Sie wedelte mit beiden Händen, um sich von allen gleichzeitig zu verabschieden.

Als sie ihren Mantel übergezogen hatte und zur Tür ging, kam Hinnerk hinter ihr her. „Kommst du nächstes Mal wieder?"

Sie blickte zurück. „Weiß ich nicht!" Chris hatte eine Hand auf Carolas Arm liegen. „Nein, wohl nicht; ich muss für meine Klausuren pauken."

Hinnerk nickte. „Das ist wichtiger als tanzen, natürlich."

„Aber?" Madeline schmunzelte unwillkürlich. „Auf so einen Satz folgt immer ein Aber."

„Ich habe kein Argument, das du nicht schon gehört hast."

Chris hatte sein Handy herausgeholt und las mit hochgezogenen Brauen eine SMS. Sie öffnete die Tür und schlenderte die Treppe hinunter.

Als sie den Hof betrat, stürmte Chris an ihr vorbei. Brannte es schon wieder irgendwo? Es gab noch immer Ofenheizungen in den Altbauvierteln ...

5

Dienstagmittag blinkte Madeline im Posteingang eine Nachricht von Hinnerk entgegen. Woher hatte er ihre Mail-Adresse? Bettina hatte sich eine Grippe eingefangen und nun wollte er sie als Ersatz haben. „Wenn ich schon mal Zeit zum Tanzen habe", schloss er seine Mail, „dann wirst du doch nicht wollen, dass ich zugucken muss." Bestimmt hatte Marga ihre Hand im Spiel gehabt.

Madeline schloss die Mails, packte Schokolade aus und widmete sich ihren Hausaufgaben: ein Essay über die Ernsthaftigkeit Hollandes, seine Wahlversprechen umzusetzen. „*Il n'a pas les moyens*", begann sie schwungvoll. Dann schob sie die Tastatur weg. Wie konnte sie das jetzt begründen, dass es nicht seine Schuld wäre, obwohl er doch die ganze Macht hatte?

Nachdenklich knabberte sie an der Schokolade. Dann öffnete sie ihr Mail-Programm wieder. Bis ihr was einfiel, konnte sie Hinnerk antworten. Er war zu nett, um so zu tun, als habe sie seine Mail nicht rechtzeitig gesehen. Genau genommen war er auch zu nett, um ihn zum Zugucken zu verdammen.

Sie blickte auf die Uhr und rechnete nach. Wenn sie die Hälfte vom Text bis um fünf schaffte, könnte sie den Rest nach dem Square Dance schreiben.

„Hallo Hinnerk, ich sitze über meinen Hausaufgaben. Falls du mir geschwind drei Argumente lieferst, warum Hollande unfreiwillig seine Wahlversprechen brechen wird, komme ich heute Abend zum Square Dance." Sie schickte die Mail ab und ging hinunter, um sich eine Flasche Traubensaft zu holen.

Als sie wieder in ihr Zimmer kam, stand der Mail-Butler auf dem Bildschirm. Hinnerk hatte geliefert, was sie brauchte. Unfassbar. Vielleicht mussten sich Geologen auch in der Politik der Länder auskennen, in denen sie arbeiteten.

Nun blieb ihr nichts anderes übrig, als ihren Teil der Abmachung zu erfüllen. Genau genommen freute sie sich sogar darauf. „Du bist ein Schatz", mailte sie zurück. „Bis gleich."

Kurz vor fünf hatte sie ihren Essay komplett fertig; jedenfalls musste sie nur noch ein wenig feilen. So schnell war sie noch nie gewesen. Als ob der Schwung des Tanzens bis zu ihrem Schreibtisch reichte.

Eine Minute vor Beginn des Trainings rannte sie die Treppe zu den Vereinsräumen hoch. Die Square Dancer waren schon im Saal, auch Hinnerk. Er hatte sich darauf verlassen, dass sie ihr Wort hielt. Er vertraute ihr; ein gutes Gefühl war das.

„Ich hab' das Teil fertig geschrieben", rief sie, während sie sich aus ihrem Mantel schälte.

Er kam ihr lachend entgegen. „Und pünktlich bist du auch!"

Sie ließ sich von ihm an der Hand nehmen und auf ihren Platz führen. „Dank deiner Hilfe. Deine Stichworte waren genial."

„Ich freue mich, dass du gekommen bist, Madeline." Chris' warme Stimme ließ ihr einen Schauer den Rücken hinunterlaufen.

Sein Blick jagte ihr den nächsten Schauer über den Rücken. Sie sah schnell wieder weg, aber sie wusste, dass er sie nicht aus den Augen ließ. Sie war hier die totale Anfängerin; darum achtete er auf sie. Doch eine Stimme in ihrem Kopf sagte ihr, dies sei nicht der Grund.

Nach der Ankündigung der Calls, mit denen er beginnen würde, kam er auf Madeline zu. „Hast du das verstanden?"

„Ich hoffe."

Mit einer Handbewegung engagierte er Hinnerk und der führte Madeline durch die Figuren, während Chris die Calls wiederholte. Am Ende nickte er. „Das hast du gut gemacht, Madeline." Er trat zurück. „Und jetzt alle." Er schaltete die Musik ein.

Oft hinkte Madeline einen Schritt hinterher, weil sie nicht schnell genug begriff, was sie machen sollte. Aber niemandem schien es die Laune zu verderben; Hinnerk am allerwenigsten. Jedes Mal, wenn sie von ihm getrennt war, rief er ihr übertrieben detaillierte Anweisungen zu. Bald taten es ihm die anderen gleich und innerhalb von zehn Minuten wurde ihr Square ein alberner Haufen.

Mitten im Stück schaltete Chris die Musik aus. Schockiert drehte Madeline sich zu ihm um. Das hatte ja nicht gut gehen können.

Er lachte sie an. Überrascht schnappte sie nach Luft. In jeder anderen Vereinsgruppe hätte es jetzt eine Standpauke des Trainers gegeben; dessen war sie sicher.

„Schwierig, Madeline?" Wieso sprach er sie in jedem Satz mit dem Namen an?

Sie trat unbehaglich von einem Fuß auf den anderen. „Es ist alles so anders."

„Sicher. Aber du warst gut. Trotzdem machen wir das Ganze noch einmal."

Madeline fühlte sich wie auf Flügeln, als sie weitertanzte. Und sie vertat sich nur selten. Mittlerweile gewöhnte sie sich auch an Chris' amerikanisches Englisch; im Grunde war es sogar leichter zu verstehen als das britische, das sie in der Schule lernte.

„Einmal langsam und ohne Musik." Das war keine Wiederholung, sondern eine andere Folge von Calls, einiges offensichtlich auch ungewohnt für die anderen. Chris ließ mehrfach anhalten und wiederholen.

„Ich dachte, ihr könnt das alle", flüsterte Madeline Tanja ins Ohr, als sie sich einmal kreuzten.

„Das Trickige ist die Reihenfolge der Calls. Chris denkt sich ständig was anderes aus."

Beim nächsten Zusammentreffen mit Tanja fragte Madeline. „Und das geht? Jedes Mal anders? Das ist ganz anders als bei der Latein-Formation."

„Deswegen ist es hier viel unterhaltsamer." Tanja wirbelte Madeline übermütig in Hinnerks Arme zurück.

„Fehler, Tanja", rief Chris.

Tanja blieb stehen. „Das war Absicht."

Chris hob grinsend den Zeigefinger. „Musst du jedes Mal so eine Show abziehen, wenn wir einen Neuling in der Gruppe haben?"

„Als ob das so oft vorkäme."

„Sicher." Chris' Blick hing wieder an Madeline fest. „Fünf Minuten Pause und dann das Ganze mit Musik." Er wiederholte die Reihenfolge der Calls. „Merken."

Tanja zog einen Flunsch. „Du bist ein Schinder, Chris."

Er zuckte amüsiert die Achseln und suchte nach einer anderen Musik. Madeline wunderte sich einmal mehr über den Ton in der Gruppe. Niemand schien das Ganze ernst zu nehmen und dennoch waren sie gut. Das zweite Square war sogar sehr gut. Und sie war sicher, das ihre wäre es auch, wenn sie sich nicht mit ihr abplagen müssten.

Sie schwor sich, bei der nächsten Wiederholung alles richtig zu machen. Leise versuchte sie, die Folge der Calls zu wiederholen. Hinnerk lauschte und half ihr, als sie stecken blieb. Chris beobachtete sie, aber er mischte sich nicht ein.

„Hast du die Reihenfolge im Kopf?", fragte Chris Hinnerk nach der Pause.

Da er nickte, schickte er ihn ans Mikro und nahm Madeline an der Hand.

Sie tauschten die Plätze? In Madeline stieg Panik auf. Als

Chris seinen Arm um ihre Taille legte, bekam sie feuchte Hände vor Aufregung.

Chris' Mund war dicht an ihrem Ohr. „Keine Angst; ich beiße nicht." Er gab einen kehligen Laut von sich. „Jetzt nicht."

„Manchmal also doch", wagte sie zu entgegnen.

„Zu besonderen Gelegenheiten." Was sie da in seinen Augen las, sprach zweifelsfrei von einer bestimmten Gelegenheit. Auf was für Gedanken brachte sie dieser Mann? Er war doch viel zu alt für sie. Ganz bestimmt hatte sie keinen Vater-Komplex; einen besseren als Bruno konnte sich kein Mädchen wünschen.

„Madeline?" Seine Stimme streichelte sie. „Du hast nicht aufgepasst." Kein Tadel, nur eine Feststellung.

Sie brachte ihre Entschuldigung trotzdem nur stotternd heraus. „Ich bin etwas nervös heute." ‚Du machst mich nervös', hätte sie ehrlicherweise sagen müssen.

Chris verstärkte den Druck seiner Hand auf ihrer Hüfte; es fühlte sich gut an. „Habe ich schon gesagt, dass ich nicht beiße? Du kannst mir vertrauen."

Madeline stockte wieder der Atem. Sie wusste genau, wie er das meinte. Und sie glaubte ihm.

Den Rest des Abends versuchte sie, sich aufs Tanzen zu konzentrieren. Nachdem Hinnerk wieder ihr Partner war, vermied sie, in Chris' Richtung zu blicken. Aber sie spürte es jedes Mal, wenn sein Blick auf ihr lag. Er ist zu alt für dich, sagte sie sich unablässig, und bemühte sich, den Kontakt zu Hinnerk enger werden zu lassen. Aber als er darauf reagierte, war sie beschämt. Es war nicht recht von ihr, mit ihm zu flirten, wenn er das nicht ebenfalls als Spielerei ansah. Und dessen war sie ganz und gar nicht sicher.

Dann war das Training zu Ende und Tanja legte den Arm um Madelines Schulter. „Es ist viel netter hier als im Tanzkreis; findest du nicht auch?"

Das konnte sie nun wahrhaftig nicht abstreiten.

Hinnerk strahlte erwartungsvoll. „Machst du also mit?“

Nein, das konnte sie keinesfalls tun. Sie musste Chris aus dem Weg gehen und in Hinnerk durfte sie keine falschen Hoffnungen wecken. „Das geht nicht; ich habe keinen Partner. Sowieso mangelt euch wegen Hinnerks Reisen eher ein Mann.“

„Das braucht dich nicht zu hindern, Madeline.“ Chris’ Angewohnheit, immer ihren Namen zu sagen, machte sie zunehmend nervös. Er kam näher und sie hätte am liebsten Reißaus genommen, als er ihr direkt in die Augen sah. „Manche Tänzerin wäre froh, wenn sie bei einem Auftritt auch mal fehlen könnte, ohne alles aufzumischen.“

„Derzeit fühlt sich jede verpflichtet, zu jedem Training zu kommen, wenn sie nicht gerade auf allen Vieren kraucht.“ Carola reichte ihr ein Glas Prosecco.

„Und ich mache es den Leuten nicht einfach, sich zu organisieren mit den ständig wechselnden Trainingsterminen.“ Chris sah sie bittend an. Sie hatte den Verdacht, dass er nicht um der Gruppe willen wollte, dass sie wiederkäme.

Ihre Antwort kam automatisch. „Ich muss pauken. Eigentlich habe ich überhaupt keine Zeit zum Tanzen.“

Tanja knurrte. „Das machst du mir nicht weis. Ich war auch auf dem *Collège Français*.“ Sie lachte über den irritierten Blick Madelines. „Und für den Tanzkreis hattest du auch Zeit.“

Madeline wurde es immer heißer, während sie nach einer weiteren Ausrede suchte. Aber der abwartende Blick von Chris machte ihr das Nachdenken unmöglich. „Ich müsste doch erst einmal all eure Figuren lernen. Es ist alles so anders als beim Gesellschaftstanz.“ Chris’ Blick wurde noch intensiver; sie wusste genau, was er jetzt dachte. „Ich ... Ich rede mit meinen Eltern.“ Bestimmt hielt er sie jetzt für feige.

Chris’ Blick zeigte unverhohlen seinen Unglauben. „Weißt du nicht selbst am besten, wie viel Zeit du zum Lernen brauchst?" Unvermittelt breitete sich ein warmes Lächeln auf seinem Gesicht aus; wusste er schon wieder, was in ihr vorging? „Wir wollen dich nicht überreden. Das täte niemandem gut."

„Ich rufe an."

Chris griff in seine Hosentasche und gab ihr ein Kärtchen. Er besaß tatsächlich Visitenkarten. Verwirrt schnappte sie nach Luft und steckte die Karte schnell in ihre Tasche. Besser, sie ging jetzt nach Hause.

In ihrer Hast verabschiedete sie sich nicht einmal von Marga. Chris' Blick brannte in ihrem Rücken.

Auf Chris' Karte standen eine E-mail-Adresse und drei Telefonnummern: Handy, Zuhause und Dienst. Die private Telefonnummer war eine Schmargendorfer Nummer – wäre es früher gewesen, aber jetzt konnte man beim Umzug seine Telefonnummer quer durch Berlin mitnehmen. Madeline gab der Versuchung nach und suchte ihn im Telefonbuch. Er wohnte tatsächlich fast um die Ecke. Wenn sie auf dem Schulweg nicht an der nächsten Bushaltestelle einstiege und ein Stück weiterliefe ... Sein glitzernder Blick verfolgte sie bis in den Schlaf.

Bevor sie am nächsten Morgen in die Schule fuhr, warf sie den Computer an und schickte ihm eine Mail: „Ich mache mit. M."

Als sie am späten Nachmittag nach Hause kam, blinkte ihr als Antwort eine ganze Armee Smileys entgegen. *„Awesome!"*

Enttäuschend; ein paar Worte mehr hatte sie schon erwartet. Schließlich hatte er ihr zu danken. Dann fiel ihr auf, dass er die Antwort nur Minuten nach ihrer Nachricht geschickt hatte – vielleicht hatte er zum Dienst gemusst?

Müsste sie jetzt nicht anrufen, um zu fragen, ob das nächste Training am Freitag wäre oder erst wieder am Dienstag?

Während sie um das Telefon herumschlich, rief Konstanze sie in die Küche. Madeline nahm sich das bereit gelegte Hackbrett und den Lauch. Konstanze jagte die Kartoffeln durch die Küchenmaschine, um sie für einen *Gratin Dauphinois* in Scheiben zu schneiden.

„Besuch? Großpapa und Großmama kommen zum Essen?"

Konstanzes Gesicht bekam einen geradezu hinterlistigen Ausdruck. „Seit wann ist das der einzige Besuch, der zu uns findet?"

„Wer kommt also?" Bestimmt sah Konstanze ihr ihre Erleichterung an.

Sie setzte sich Madeline gegenüber. „Was hast du mit deinem Großvater zu laufen? Ist es wegen der Tanzerei?" Manchmal hatte Madeline den Verdacht, dass es ihr ganz recht war, wenn sie sich mit Großpapa anlegte – als ob sie selber es sich nicht traute.

„Wenn du mir etwas erzählen möchtest, Kind; ich höre dir zu."

„Es ist nichts weiter." Madeline schnitt die Wurzeln von den Lauchstangen ab. „Großpapa weiß schon, dass ich weder Lust habe, so tanzen zu lernen, so wie er sich das vorstellt. Noch jetzt die Zeit dafür habe." Sie begann, die vertrockneten Spitzen und äußeren Schichten zu entfernen.

„Aber gestern warst du doch tanzen."

Maman konnte wirklich penetrant sein; und dabei tat sie so unschuldig. „Eigentlich nicht. Ich war nur ..." Sie zuckte die Achseln. „Ich habe nur jemandem einen Gefallen getan, der mir bei meiner Hausarbeit geholfen hat." Konstanze zeigte ihr ungerührt, dass sie kein Wort glaubte. „Ich war ja früh fertig deswegen." Sie zuckte wieder die Achseln. „Zur Unterhaltung eben."

Konstanzes Blick wurde nachdenklicher und nachdenklicher. Trotzdem blieb Madeline bei ihrer Verschleierungstaktik. „Ab und zu den Kopf freimachen ist wichtig."

Konstanze lachte lauthals. „Da steckt mehr dahinter, habe ich recht?" Sie tätschelte ihren Arm. „Pass auf dich auf, Madeline. Du bist noch so jung."

Da protestierte sie lieber nicht; das war ganz klar ein Bündnisangebot. „Wenn ich ein Problem habe, dann werde ich es dir sagen."

Konstanze sah nun doch so aus, als wollte sie noch etwas fragen, aber dann drehte sie sich um und widmete sich weiter dem *Gratin*. Großpapa sollte nur wagen, ihre Entscheidung in Frage zu stellen – mit Konstanze an ihrer Seite würde er nichts ausrichten.

6

Chris hatte Madeline eine Mail geschickt und lud sie ein, eine halbe Stunde früher zum Üben zu kommen. Mit bebenden Fingern tippte sie ihre Zusage.

Als sie ankam, saß er mit einem Glas Mineralwasser an der Bar. Mineralwasser! Sie war beeindruckt.

„Wir können sofort loslegen." Wortlos ging er ihr voraus in den Saal und stellte die Musik an. „Für die Stimmung." Zum ersten Mal lächelte er. „Es bringt dich leichter in den Rhythmus."

Als er sie am Arm fasste, zuckte sie zusammen. Seine Augen weiteten sich überrascht und er ließ sie wieder los. Sie griff nach seiner Hand; er sollte nicht glauben, sie sei vor ihm zurückgeschreckt.

Er starrte sie an, als wolle er ihre Gedanken lesen. Dann räusperte er sich und murmelte etwas auf Englisch, bevor er ihr den ersten Call erklärte.

Aber statt auf seine Bewegungen sah sie die ganze Zeit in sein Gesicht.

„Lass es uns versuchen; willst du?" Er zog sie näher zu sich und Madeline wurde von dem gleichen Gefühl überwältigt, dass schon in der Woche zuvor ihr Gehirn lahm gelegt hatte.

Unwillkürlich drängte sie sich enger an ihn und schloss halb die Augen, während sie sich von ihm leiten ließ. Dann kam ein Augenblick, in dem sein Atem ihre Wange streichelte. Wenn sie jetzt den Kopf wandte, würden sie sich berühren. Sollte sie? Sie schluckte nervös; was würde er von ihr denken?

„Madeline?" Auch seine Stimme streichelte sie. „Hast du mir gerade zugehört?"

Sie öffnete die Augen ganz. „Es tut mir leid. Ich konzentriere mich."

Sein Blick war wachsam, ein wenig misstrauisch. „Alles in Ordnung?"

Nichts war in Ordnung. „Ja, natürlich. Ich habe zu lange an den Klausurvorbereitungen gesessen. Ich müsste mich mal ausschlafen."

Das Misstrauen verschwand nicht aus seinem Blick, aber er lächelte. „Wenn ich kann, nehmen wir den Dienstag fürs Training, damit du früher ins Bett kommst. Dein Abitur darf nicht an uns scheitern."

„Wird es nicht." Sie atmete durch; das war vertrauteres Terrain. „Allerdings brauche ich einen glatten Einser-Abschluss für meinen Studienplatz."

„Was willst du machen?"

„Medizin."

„Oh!" Er sah sie überrascht an. „Dann haben wir ein gemeinsames Interesse. Allerdings bin ich am fehlenden Stipendium gescheitert. Dass *Dad* bei der *Air Force* ist, hat mir leider nicht genug geholfen."

„Und darum bist du jetzt bei der Feuerwehr?"

Er nickte. Und räusperte sich wieder. „Jetzt haben wir uns beide nicht konzentriert. Wir sind noch nicht fertig."

Sie wurden auch nicht mehr fertig, denn gleich darauf kam Hinnerk. Sein Angebot, mit Madeline weiterzuüben, konnten sie nicht abschlagen.

Plötzlich fühlte Madeline sich ungeschickt und steif. Chris' Blick schien Missbilligung auszudrücken. Sie blieb stehen. „Was mache ich falsch?"

„Wie?" Hinnerk sah sie verblüfft an. „Nichts. Wie kommst du da drauf?"

Chris sagte gar nichts; er wiederholte seinen letzten Call und Hinnerk begann von Neuem.

Chris überraschte die Square Dancer an diesem Abend mit

Calls, die in ihrer Reihenfolge offensichtlich so ungewöhnlich waren, dass sie mehr als einmal für Konfusion sorgten. Er war übermütiger als sonst; von Missbilligung sah Madeline nichts mehr.

Sein Übermut machte Madeline frech. Sie vertanzte sich absichtlich, weil sie hoffte, er nähme die Sache in die Hand und würde ihr höchstpersönlich zeigen, wie es richtig war. Aber der Dienstag zuvor war wohl eine Ausnahme gewesen, um ihr den Einstieg zu erleichtern. Stattdessen ließ er sie zuerst den Partner wechseln, dann musste ihr Square ganz pausieren, damit sie dem anderen zugucken konnte.

Danach zog sie es vor, alles richtig zu machen. Sie wollte es sich nicht mit ihrem Square verderben. Einmal traf sie auf Chris' wachsamen Blick: Hatte er sie durchschaut? Sie entschied, den Abend zu genießen und alles Weitere der Zeit zu überlassen.

Nach dem Training war Chris fort, kaum, dass er sich von ihnen verabschiedet hatte.

Zu Hause angekommen schickte sie ihm eine Mail, ob er wieder vorab mit ihr üben würde. „Hinterher", schrieb Chris zurück. Vorher hatte er Dienst.

7

Square Dance war eigentlich ganz einfach, wenn man erst mal wusste, was sich hinter so merkwürdigen Calls wie *„pass the ocean"* oder *„ladies in, men sashay"* verbarg. Hinnerk nickte immer wieder anerkennend. Madeline genoss die Stimmung in der Gruppe, die Musik – und den betörenden Klang von Chris' Singstimme. Jedes Mal, wenn ihr Blick auf ihn fiel, hatte sie das Gefühl, seine ungeteilte Aufmerksamkeit zu haben.

Wenn sie Großpapa sagte, nach der Pleite mit Robert hätte sie einfach die nächste Gelegenheit ergriffen, die sich ihr angeboten hatte? Das müsste ihn eigentlich freuen. Tanzen war Tanzen ... Nein, war es nicht. Eben deswegen würde sie beim Square Dance bleiben. Bei dem Gedanken an Chris wurde ihre Kehle eng.

Madeline war so ins Grübeln versunken, dass sie Fehler zu machen begann. Chris' kritisch gerunzelte Stirn hieß sie, sich besser zusammenzunehmen. Er sollte nicht denken, sie mache das wieder absichtlich.

Dann war das Training zu Ende und die Gruppe versammelte sich wie gewohnt an der Bar. Chris stand mit den anderen zusammen und diskutierte; hatte er entschieden, dass sie keine Nachhilfe bräuchte?

Madeline nippte unschlüssig an ihrem Prosecco, von Hinnerk in Beschlag genommen. Ihm war bald anzusehen, dass er sie am liebsten gefragt hätte, was mit ihr los war. Aber zu ihrer Erleichterung tat er es dann doch nicht.

Dann wollten Carola und Tanja gehen und Norbert fragte Madeline, ob er sie mitnehmen solle.

Chris bemerkte Madelines ratlosen Blick und kam zu ihnen. Offensichtlich hatte er die ganze Zeit auf sie geachtet, obwohl er in die Gespräche vertieft erschienen war. „Es ist spät; hast du trotzdem noch Zeit zu bleiben?"

„Ja natürlich." Als ob sie nicht die ganze Zeit darauf gewartet hätte.

Hinnerks Blick wurde noch wachsamer. „Üben? Ich kann auch noch bleiben."

Chris' Gesicht blieb ohne Ausdruck, als er antwortete. „Muss nicht sein." Warum schickte er Hinnerk nicht ausdrücklich fort?

Aber Hinnerk schien nichts verdächtig zu finden und als Chris mit ihr in den Saal zurückging, blieb er nur kurz in der Tür stehen und verabschiedete sich, noch bevor sie anfingen zu tanzen.

Madeline war verspannt vor Aufregung und als Chris sie an der Hand nahm, hatte sie das Gefühl, sie würde von einer verräterischen Röte übergossen. Um zu verbergen, was in ihr vorging, verkrampfte sie sich noch mehr. Aber es nützte nichts.

Chris fasste sie an beiden Schultern und studierte ihr Gesicht. „Locker, Madeline." Er lächelte sparsam; sein Blick jagte ihr eine Gänsehaut über den Rücken.

Sie lehnte sich an und er sog heftig die Luft ein. Er roch nach Pfefferminze und einem herben Aftershave, obwohl es Stunden her sein musste, dass er sich rasiert hatte. Der dunkle Schatten auf seinen Wangen gab ihm einen verwegenen Ausdruck.

Ihr fiel keine Entgegnung ein, die irgendwie witzig oder intelligent war. Aber sie begann sich zu entspannen. Dabei hatte sie die ganze Zeit das Gefühl, er müsse sich anstrengen, cool zu bleiben. Da war nichts mehr von der Leichtigkeit der letzten Tage zu spüren. Irgendwann gab sie es auf, darüber nachzudenken und tanzte einfach nur.

„Ich fahre dich nach Hause", sagte er, als an der Bar die Gläser von Margas Aufräumerei klirrten. Offensichtlich war dies das Zeichen, Schluss zu machen. Wartete Marga abends etwa, bis der letzte gegangen war? Chris hatte doch sicher einen Schlüssel für die Etage.

Dann gingen sie alle drei gemeinsam, aber Marga lehnte Chris' Angebot ab, sie ebenfalls nach Hause zu bringen. „Ich brauche frische Luft und Bewegung, bevor ich schlafen kann."

Es hatte wieder angefangen zu schneien und der Schnee hob sich hell gegen den unbeleuchteten Hof ab. „Der Hausmeister ist wahrscheinlich wieder in der Kneipe", murrte Marga, während sie ihnen folgte und mit leicht von sich gestreckten Armen in ihre Fußstapfen trat.

Chris nahm Madeline an der Hand, um sie sicher über die rutschige Fläche zu führen.

An der Straße blieb Marga stehen. „Wir sind schneller zu Hause, wenn wir nicht mit dir fahren, Chris. Bis du dein Auto ausgegraben hast und auf den glatten Straßen ..." Sie sah Madeline auffordernd an. Als sie jedoch nicht reagierte, verabschiedete Marga sich und stiefelte zum U-Bahnhof.

Chris' Auto stand nur ein paar Schritte entfernt, aber als Madeline einstieg, hatte sie schon eisige Füße und Hände. Es war bestimmt fünfzehn Grad unter null. Sie klemmte sich die Hände unter die Achseln, während Chris rundherum die Scheiben frei räumte. Bevor er losfuhr, griff er auf dem Rücksitz nach einer Thermodecke und hüllte Madeline darin ein.

„Du übertreibst!"

Er grinste. „Gelernt ist gelernt."

Sie besah sich die Decke genauer. „Ist die etwa von der Feuerwehr?"

„Es ist eine, wie wir sie bei der Feuerwehr auch benutzen." Chris drückte auf den Startknopf und nach einem Moment der Besinnung sprang der Benzinmotor an.

Fahrzeuge des Winterdienstes waren nur vereinzelt unterwegs und Chris zog die Hauptstraßen dem Stadtring vor.

Nachdem die Batterie warm geworden war, rollten sie lautlos durch die verschneite Stadt. Es war glatt und immer wieder bremste der Toyota von alleine ab, weil die Räder zu rutschen begannen.

Marga hatte recht gehabt; sie war gewiss mit der U-Bahn schneller zu Hause. Aber Madeline musste für den Heimweg mehrmals umsteigen und sie hätte sich an den Bushaltestellen die Füße abgefroren,

Chris war schweigsam. Ab und zu warf er ihr aus den Augenwinkeln einen Blick zu, den sie nicht zu deuten wusste. Sie dirigierte ihn und das war das einzige, was sie sagte.

Die Spannung zwischen ihnen wuchs.

„Danke", murmelte sie, als er vor ihrer Tür hielt.

„Es war mir ein Vergnügen."

Unwillkürlich kam sie ihm entgegen, als er sich ihr zuwandte.

Er gab ihr einen flüchtigen Kuss auf die Wange.

Madeline stockte der Atem; dann wandte sie den Kopf und ihre Lippen trafen sich. Sein Mund war warm und weich und öffnete sich unter ihrer Berührung. Sie vertiefte den Kuss und er antwortete mit seiner Zunge. Doch dann wich er zurück.

„Madeline." Er räusperte sich. „Das dürfen wir nicht tun."

Sie schnaubte empört. „Ich bin fast achtzehn!"

„Fast!" Er schloss einen Moment die Augen; dann streckte er die Hand aus und zog sie an sich.

Um ihm noch näher zu sein, schlang sie die Arme um seinen Hals. „Küss mich, Chris." Sie rieb ihr Gesicht an seiner Wange; er stöhnte auf. „Küss mich, Chris." Mit zwei Fingern strich sie ganz langsam über seine Lippen.

Er gab ein Geräusch von sich, das sich anhörte wie das Knurren eines Hundes aus tiefer Kehle. „Du machst mich wahnsinnig, Madeline." Er zog sie auf seinen Schoß. Und dann küsste er sie; intensiv, fordernd, bis sie keine Luft mehr bekam. Ihr Inneres entzündete sich.

Mit geschlossenen Augen lag sie in seinem Arm und spürte den heißen Wellen nach, die durch ihren Körper rollten. Was für ein schwindelerregendes Gefühl. Dass ein einfacher Kuss eine solche Wirkung haben konnte ... Aber es war kein einfacher Kuss gewesen. Chris war verrückt nach ihr; da gab es keinen Zweifel.

„Chris ...“

Er legte eine Hand auf ihren Mund, streichelte dabei mit dem Daumen ihre Wange. „Es wird Zeit, dass du nach Hause kommst.“

„Hier ist alles dunkel; niemand sieht uns. Und meine Eltern sind im Friedrichstadtpalast.“ Sie rutschte zurück auf ihren Platz. „Möchtest du meine Schmetterlingssammlung sehen?“

„Was?“ Er sah sie an, als habe sie den Verstand verloren.

„Das war ein *running gag*. Niemals würde ich die schönen Schmetterlinge aufspießen.“

Die Lachfältchen um seine Augen vertieften sich und waren jetzt selbst im Halbdunkel der Straße sichtbar. „Schlaf gut, Madeline.“

„Ich werde von dir träumen, Chris.“

Sein Blick war pure, unverhüllte Zärtlichkeit. Beschwingt stieg sie aus und stiefelte über die Einfahrt zur Haustür.

Als sie sich umdrehte, war er lautlos davongefahren. Madeline lächelte. In knapp zwei Monaten wurde sie achtzehn.

Sie holte sich ein Glas Milch und warf dann ihren Computer an. „Gute Nacht“, hatte Chris ihr von seinem Handy aus geschrieben. Ganz bestimmt war er verliebt in sie.

8

„*Hello* Marga! Es soll noch mal jemand aus dem Vorstand sagen, die jungen Leute würden sich nicht für unseren alten Tanz interessieren." Chris stellte die Tasche mit der Uniform auf ihren Schreibtisch. „Du kannst eine neue Tänzerin für den Square Dance eintragen." Er strahlte.

Marga wechselte das Programm und rief die Mitgliederdatei auf. „Wen meinst du mit der neuen Tänzerin? Madeline? Das wird Schorsch bestimmt nicht freuen."

„Warum? Weil sie dem Tanzkreis verloren geht? Nicht wegen uns!"

„Schorsch hat seine Enkelin schon als neuen Stern am Turnierhimmel ..."

Chris starrte sie mit offenem Mund an. Was hatte sie gerade gesagt?

„Was ist?"

Er atmete durch. „Wieso Enkelin?"

„Was dachtest du, wer Madeline Lagrange ist?"

„Bis jetzt wusste ich nicht, wie sie mit Nachnamen heißt." Er rieb sich mit einer müden Geste übers Gesicht. „Das allerdings ..." Nicht genug, dass Madeline erst siebzehn war; sie war auch noch die Enkelin des Vorsitzenden.

Komplizierter konnte es wahrhaftig nicht sein.

„Was soll sein?" Marga kopierte Madelines Daten in die Tabelle der Square Dance Gruppe. „Ich schick dir ihre Telefonnummer und die Mail-Adresse auf dein Handy."

„Die Mail habe ich schon." Er zog sein Handy aus der Tasche und blätterte durch den Kalender. Dabei sagte er Marga die nächsten Trainingstermine an. „Ich habe den Kollegen klar machen können, dass ich länger vorausplanen muss. Sofern es keine Krisen gibt, steht der Schichtplan für die nächsten vier Wochen.“

„Womit hast du ihnen das denn abgehandelt?“

Er zuckte die Achseln. „Ich habe keine Familie; ich kann die ungünstigen Dienste machen, ohne dass es jemandem weh tut.“

„Ganz selbstlos!“ Marga zwinkerte.

Was hatte sie denn? Er runzelte die Stirn; Spott sah Marga nicht ähnlich. War es wegen der Extra-Stunde mit Madeline? „Es hat alles seinen Preis.“ Er holte seine CDs aus dem Büroschrank und ging zum großen Saal, um die Stücke herauszusuchen, die er an diesem Abend benutzen wollte.

Nun hatte er Madeline als Gruppenmitglied eintragen lassen. Aber würde sie überhaupt kommen nach dem Kuss? Auf seinen Gute-Nacht-Gruß hatte sie nicht reagiert.

„Ein Wasser, Chris?“ Marga kam mit einem Karton Getränke aus dem Büro und begann, sie in den Kühlschrank in der Bar einzuräumen.

Am liebsten hätte er jetzt ein Bier getrunken. Oder noch lieber einen Whiskey. Aber das vertrug sich nicht mit seinem Job; und eine Fahne hätte er dann auch.

Er öffnete sein Mineralwasser und ging die erste CD durch. *„Pickin' up Strangers“* – das erste Stück, bei dem er Madeline im Arm gehalten hatte. Die Erinnerung alleine reichte, Verlangen in ihm zu wecken. Er hätte nie mit ihr tanzen dürfen. Er war doch der Klügere, der Erwachsene; doppelt so alt wie Madeline.

Zu alt.

Das Zuschlagen der Saaltür schreckte ihn aus seinen Gedanken.

Madeline warf sich in seine Arme und küsste ihn stürmisch. Er konnte gar nicht anders als ihren Kuss zu erwidern. Er versank in ihrer Wärme, in dem zarten Duft ihres Haares.

Ihre Wärme breitete sich in ihm aus und es dauerte nur Sekunden, bis er heftig reagierte.

Er wandte den Kopf zur Seite. „Madeline ...“ Anscheinend fiel ihm in ihrer Gegenwart nichts anderes mehr ein als wieder und wieder ihren seltsamen Namen auszusprechen.

„Ich habe extra die Tür zugemacht.“ Sie küsste ihn auf die Wange, strich mit dem Mund über sein Kinn und hatte dann wieder ihre Lippen auf den seinen.

Er stöhnte auf. „Lass das!“

Madeline wich zurück; ihre Augen schimmerten feucht. „Magst du mich nicht?“ Sie klang so kläglich, dass er sie wieder an sich drückte.

„Liebste, wunderbare Madeline.“ Er strich ihr eine Locke aus der Stirn, bevor er sie wieder losließ und einen halben Schritt zurücktrat. „Du bist minderjährig und ich obendrein dein Trainer!“

Trotz und Zorn malten sich auf ihrem Gesicht. „Das interessiert mich nicht. Ich lass mich nicht herumkommandieren!“ Gleich würde sie mit dem Fuß aufstampfen.

Chris streckte die Hand nach ihr aus. „Komm her!“

Ihre Augen schossen Blitze ab; jetzt galt ihr Zorn ihm. „Und von dir lass ich mich auch nicht herumkommandieren.“ Sie lachte auf. „Oh – offensichtlich muss ich das.“ Und wieder ein Gewitter in ihrem Gesicht. „Aber nicht so!“

Ihr wetterwendisches Temperament war berauschend. „Was schadet es, wenn wir uns zurückhalten, bis du volljährig bist?“ Er wartete beinahe gespannt darauf, welche Gefühle sich jetzt auf ihrem Gesicht zeigen würden.

Schmollmund. Sie setzte sich neben ihm auf die Tischkante. „Wir leben doch nicht im Mittelalter. Es interessiert niemanden.“

„Umgekehrt wird es richtig. Im Mittelalter war das Alter der Mädchen egal.“

Madeline begann, ihr Ohrläppchen zu kneten; aber bevor sie wieder den Mund aufbekam, wurde die Saaltür geöffnet.

Sie fuhr erschrocken herum; so sah sie sein erleichtertes Aufatmen nicht.

Norbert und Carola standen in der Tür; Norbert mit gerunzelter Stirn, als ahne er etwas. „Wenn ihr weiter so oft extra übt, wird Madeline uns bald allen Konkurrenz machen."

„Wollten die Ladys nicht die Gelegenheit, sich ohne schlechtes Gewissen entschuldigen zu können?" Das war wohl nicht sehr überzeugend; aber was sonst sollte er sagen?

„Wir haben nicht geübt." Madeline in ihrer Gedankenlosigkeit!

Die Falten auf Norberts Stirn wurden tiefer. Er brauchte eine Gelegenheit, mit ihm zu reden. Aber dazu müsste er Madeline alleine nach Hause fahren lassen.

Während des Trainings suchte Madeline ihn so offensichtlich, dass bald auch Hinnerk die Stirn runzelte. Und dann Tanja.

Chris konnte nichts machen. Wenn er etwas sagte, wurde die Situation überhaupt erst verdächtig. Kannten sie ihn nicht gut genug, um ihm zu vertrauen? Er bekam keine Chance, mit ihnen zu reden. Nach dem Training wartete Madeline wie selbstverständlich, bis er selber ging.

Hinnerk und Norbert hatten beide Madeline angeboten, mit ihnen zu fahren. Und beide hatten mehr als irritiert reagiert, als sie ablehnte und keine Anstalten machte, schon nach Hause zu gehen. Es war so offensichtlich, dass sie auf etwas wartete – auf jemanden wartete.

Wieder gingen sie gemeinsam mit Marga, die hinter ihnen den Verein abschloss. Auf der Straße hakte sich Marga bei ihm ein. „Heute nehme ich dein Angebot gerne an. Ich will zu meiner Schwester."

Er mühte sich ein Lächeln ab. „Und das Auto ist nicht eingeschneit." Die logische Wegführung war, dass er zuerst Madeline absetzte. Marga wusste das; sie kannte Madelines Adresse.

Aber Madeline wusste es nicht und schwang sich gut gelaunt auf den Beifahrersitz. Sie klappte ihre Sonnenblende herunter und beobachtete still Marga im Kosmetikspiegel, während Marga und Chris plauderten.

Als sie fast in Schmargendorf waren, machte sich auf Madelines Gesicht Irritation breit. „Marga, ich dachte, du wohnst in Wilmersdorf."

„Aber das ist jetzt noch nicht mein Ziel." Marga lächelte ihr unschuldig im Spiegel zu. Also hatte auch Marga Verdacht geschöpft; er hatte es geahnt. Madeline hatte sich keine Mühe gegeben und er war schon immer ein schlechter Schauspieler gewesen.

Er hielt vor Madelines Haus und ihr Gesicht verfinsterte sich vollständig. Ihr Blick erdolchte ihn. Warum ließ sie ihren Zorn an ihm aus und nicht an Marga, die sich ungefragt in sein Auto geschmuggelt hatte?

Als Madeline mit aufmüpfig gerecktem Kinn ausstieg, ohne sich zu verabschieden, durchzuckte ihn Bedauern. Wie sehr wünschte er sich jetzt, in ihrem Kuss zu versinken ...

Er sah ihr hinterher, bis sie im Haus verschwunden war. An der Tür hatte sie sich nicht einmal nach ihm umgedreht. Sie war verletzt; das hatte er nicht gewollt. Das hatte gewiss auch Marga nicht gewollt. Mit einem Seufzer fuhr er an.

Marga beugte sich zwischen den Sitzen nach vorne. „Ihr macht keine Dummheiten, nicht wahr?"

Er zog es vor, nichts darauf zu sagen.

„Das Mädel steht auf dich; das sieht ein Blinder. Aber was ist mit dir, Chris?"

„Es ist mir ernst." Er seufzte wieder. „Und es macht mich krank, dass sie viel zu jung ist, um ihre eigenen Gefühle richtig einzuschätzen." Als er an der nächsten Ecke abbog, warf er Marga einen Blick zu. „Ich wünschte, es wäre ihr ernst."

„So kenne ich dich gar nicht, Chris." Nun lag doch ein Tadel in Margas Stimme. „Und sie ist viel zu jung für dich."

„Wer weiß das schon.“ Er presste die Lippen zusammen.

„Chris!“ Das war echte Empörung. „Du bist alt genug, um zu wissen, dass das eine Kinderei ist. Ihr kennt euch – wie lange? Zehn Tage?“

„Zwei Wochen.“ Sein Herz brannte. „Das gibt es doch. Liebe auf den ersten Blick.“

„Unsinn!“ Marga hieb mit der Faust auf seine Lehne. „Du bist geschmeichelt, weil dich ein junges Mädchen mit Kuhaugen verfolgt. Ist das schon die Midlife-Krise bei dir? Geh ihr aus dem Weg; da kann nichts Gutes daraus werden.“

Nun wurde er doch wachsam. „Was meinst du damit?“

„Wenn der Schorsch das mitkriegt ... Du gefährdest die ganze Gruppe.“

Er lachte auf. „Du meinst, er wirft mich raus? Ihm ist der Square Dance doch eh ein Dorn im Auge.“

„Umso mehr hast du Grund, ihm keinen Anlass zu geben.“ Sie schien tatsächlich besorgt. „Und das Mädel würdest du dann auch nicht mehr sehen.“

„Madeline ist bald achtzehn.“ Jetzt benutzte er schon das gleiche Argument wie sie. Aber Marga hatte natürlich recht; wenn George es darauf anlegte, würde er sich im Vorstand durchsetzen ... Selbst wenn die Gruppe mit ihm zusammen den Verein verließe; es wäre alles nicht gut.

Aber dieses Problem würde sich auch stellen, wenn Madeline achtzehn wäre. Wenn der Vorsitzende die Beziehung zwischen ihnen nicht tolerierte, hätte er viele Mittel, ihn zu schikanieren. Noch hatte er wohl nicht einmal begriffen, dass Madeline Square Dance dem Tanzkreis vorzog.

„Ich sag ja gar nichts. Ich sag ja nur, du sollst zum Denken den Kopf benutzen und nicht ...“

„Wir haben nicht miteinander geschlafen! Wofür hältst du mich?“

Margas Gesicht sagte es ihm deutlich. Aber sie glaubte ihm; sie würde dem Vorstand nichts erzählen.

9

Als Madeline mit hängenden Schultern die Küche betrat, goss Konstanze wortlos einen Pfefferminztee auf, rührte Zucker hinein und stellte ihr die Tasse vor die Nase.

„Als ob ich krank wäre!"

„Krank oder nicht. Du siehst mir ganz danach aus, dass du ein bisschen Hätschelei gebrauchen kannst."

Madeline pustete vorsichtig in die Tasse. „Und du möchtest natürlich wissen, was los ist."

„Irgendjemandem solltest du es erzählen."

Madeline stützte die Ellenbogen auf den Tisch und nahm die Tasse in beide Hände. „Wozu? Es ändert doch nichts."

„Da ist dir einer aber mächtig auf die Zehen getreten." Konstanze lachte. „Vermutlich nicht im wirklichen Sinn ..."

Madeline trank behutsam die halbe Tasse aus, bevor sie nach der Zuckerzange griff und ein weiteres Stück hineinplatschen ließ.

„Wer ist es?"

Madeline war noch nicht bereit, sich ihr anzuvertrauen. Sie klimperte unschuldig mit den Wimpern.

„So habe ich dich noch nicht erlebt, Kind. Es sieht schwer nach dem ersten richtigen Liebeskummer aus."

„Liebeskummer!" Madeline schnaubte empört. „Das ist etwas für Teenager."

„Und du bist keiner mehr?"

„In sechs Wochen könnt ihr uns nicht mehr reinreden. Wagt es nur!"

„Uns!" Konstanze legte die Hände auf Madelines Schulter und drehte sie zu sich um. „Also, wer ist es?"

„Chris!" Madeline stiegen die Tränen in die Augen. „Der Caller."

„Der was?"

„Aber *Maman*! Der die Square Dance-Gruppe führt."

Konstanze drückte sie. „Meint er es ernst?"

„Was weiß ich!" Madeline schnaubte. „Ich habe gesehen, wie er auf mich reagiert. Aber ich weiß nicht, was ich davon halten soll."

„Hat er dir gesagt, dass er dich liebt?"

„Nein. Aber ... aber das merkt man auch so." Ein Schluchzer ließ ihre Kehle eng werden. Keines Wortes hatte sie ihn gewürdigt, als sie ausgestiegen war. Warum nur war sie so garstig zu ihm gewesen?

„Und warum weinst du dann?"

Madeline stellte die Tasse ab und stützte ihren Kopf in die Hände. „Es ist alles so schwierig."

„Wie lange kennst du ihn? Wirklich, meine ich. Du bist erst seit ein paar Wochen in der Gruppe."

„Darauf kommt es doch nicht an." Madeleines Augen begannen zu funkeln. „Als ich ihn das erste Mal gesehen habe ... Wir haben uns quer über den Raum angesehen und ich dachte, mir bleibt das Herz stehen. Plötzlich schien die Luft zu brennen und ... und ..." Sie hatte keine Worte für das, was sie in diesem Augenblick empfunden hatte.

„Liebe auf den ersten Blick, meinst du?" Konstanze lächelte nachsichtig. „Das wirst du noch öfter erleben, dass der Anblick eines Mannes alle deine Sinne zum Schwingen bringt. Das ist nicht Liebe, das ist sexuelle Anziehung. Chemie. Darauf kannst du kein Leben aufbauen."

„Welche Beziehung hält schon ein ganzes Leben? Als ob man darauf zählen sollte."

„Naja." Konstanze wackelte halb drohend mit dem Zeigefinger. „Hast du von uns nichts gelernt? Und von Brunos Eltern?"

„Du und Bruno, ihr seid die Ausnahme, die die Regel bestätigt. Der Großpapa liebt Friederike doch längst nicht mehr wirklich. Seit sie nicht mehr tanzen kann ...“ Als ob der schreckliche Unfall ihre Schuld gewesen wäre.

Konstanze nahm sie in die Arme und wischte ihr mit dem Handrücken die Tränen aus dem Gesicht. „Hast du etwas dagegen, wenn ich dich zum nächsten Training hinfahre?“

„Was?“ Madeline starrte sie verständnislos an. „Wieso das denn?“

„Hm.“ Konstanze lächelte verschmitzt. „Da du nun beschlossen hast, doch etwas Dauerhaftes aus der Tanzerei zu machen, interessiert es mich, was das für Leute sind.“

„Du spionierst mir nach?“ Madeline ballte die Fäuste und versuchte den aufsteigenden Ärger zu unterdrücken.

„Wenn ich spionieren wollte, würde ich dir nichts sagen.“

Misstrauisch kniff sie die Augen zusammen. „Du willst wissen, wer Chris ist.“

„Wundert dich das? So wie von ihm hast du noch von keinem der Jungs geredet, in die du dich verguckt hattest.“

„Chris ist kein Junge!“

Konstanze lachte herzhaft. „Eben darum.“

10

Am folgenden Dienstag hatte Chris wieder einmal zwischen Einsatz und Training keine Zeit gehabt, sich schon auf der Wache zu duschen; nasse Haare wären bei den eisigen Temperaturen höchst ungesund. Kurz vor Beginn des Trainings betrat er die Vereinsräume in Montur und Qualmgeruch gehüllt.

George saß an seinem Schreibtisch im Büro und sichtete Post. An einem Dienstag. Er drehte sich zu ihm um und musterte ihn mit missbilligender Miene.

„Guten Abend, Schorsch." Chris versuchte die Vorahnung von kommendem Unheil zu ignorieren. Sollte er ihn fragen, warum er gekommen war?

Marga setzte ein fröhliches Lächeln auf. „Hast du wieder jemanden gerettet, Chris?"

Für einen Moment schwand die Missbilligung aus Georges Gesicht. „Wie ich sehe, ist es nicht einfach, deinen Beruf mit dem Job hier unter einen Hut zu bekommen."

„Es geht schon. Gleich sieht man mir nicht mehr an, was ich mit dem Rest meines Lebens anfange." Chris grinste und hob einen Ärmel an die Nase. „Und man riecht es auch nicht mehr."

Er griff sich seine Kleidertüte aus dem Schrank, nahm den Schlüssel für die Dusche von der Wand und verließ pfeifend das Büro.

Georges Blick bohrte sich in seinen Rücken. Was hatte der Mann vor?

Als er aus der Dusche herauskam, standen die ersten Tänzer an der Bar und George im Büro hatte seinen Stuhl so weit zur Seite gedreht, dass er sie im Blickfeld hatte. Wie eine Spinne, die in ihrem Netz lauert. Auch als Madeline kam, blieb er dort sitzen.

Madeline begrüßte alle mit Küsschen. Bei Chris angekommen, legte sie die Hände auf seine Schultern. Sie roch nach Zimt und nach etwas Süßem, Schokolade vielleicht.

Ihre Berührung elektrisierte ihn; schnell schob er sie von sich fort. „Dein Großvater ist hier."

„Mein wer?" Sie sah ihn schockiert an. „Großpapa?"

„Dachtest du, ich erfahre es nicht?"

„Ist leicht. Typisch hugenottischer Familienname." Madeline reckte das Kinn. „Das weiß schließlich jeder hier."

Er wandte sich ab. „Auf geht's, Leute!"

Chris hatte Mühe, sich zu konzentrieren. Der Gedanke an Georges missbilligenden Blick ließ ihn nicht los. Nach einer Weile kam George und stellte sich in die Saaltür. Merkwürdigerweise half ihm das. Es war wie eine Herausforderung; darauf wusste er zu antworten.

Aus den Squares gingen Blicke zwischen ihm und George hin und her. Sie hatten gemerkt, dass ein Konflikt in der Luft lag. Die Atmosphäre lud sich auf. Trotz der wachsenden Anspannung machte keiner mehr einen Fehler an diesem Abend; auch die Gruppe hatte die Herausforderung angenommen.

Erleichtert stellte Chris schließlich die Musikanlage ab.

George stand immer noch in der Tür, machte sich sogar noch breiter. „Ihr seid wirklich gut, Leute." Sein Blick blieb an Madeline hängen. „Es ist ein Jammer, dass ihr euer Talent mit diesem Ringelreihen verschwendet."

Madeline nahm die Provokation auf, bevor jemand anderes reagieren konnte. „Großpapa, das Wichtigste ist, dass es uns Spaß macht." Sie erntete ein paar irritierte Blicke; also hatten auch andere nicht gewusst, dass sie seine Enkelin war.

Norbert schnaufte hörbar, bevor er den Mund aufmachte. „Schorsch, wir schätzen es sehr, dass wir trotzdem in diesem tollen Verein tanzen können."

„Ich bring dich nach Hause, Madeline." George trat endlich einen Schritt beiseite, damit die Square Dancer den Saal verlassen konnten. Madeline nahm er an der Hand.

Ihr Blick flog zu Chris. Bevor George sich zu ihm umdrehte, schüttelte er den Kopf. Es wäre gewiss keine gute Idee, jetzt noch zum Üben zu bleiben. Dem Alten passte das Ganze überhaupt nicht. Und er war für seine Verbissenheit bekannt.

Vielleicht war es sowieso keine gute Idee, mit Madeline allein zu bleiben. Dieser Herausforderung wäre er vielleicht nicht gewachsen. Das Mädchen ging ihm unter die Haut wie keine zuvor.

Marga stellte betont geschäftig die üblichen Getränke auf den Tresen.

„Der Schorsch führt etwas im Schilde." Norbert kippte sein Bier in einem Zug herunter und pfefferte die Büchse dann in den Abfallkorb hinter dem Tresen. „Ich wusste nicht, dass sie seine Enkelin ist."

Hinnerk sah nachdenklich in sein Glas. „Vielleicht war es ein Fehler, dass ich sie aus dem Tanzkreis hierher gelockt habe." Sein Blick durchbohrte Chris. „Konnte ich ahnen, welche Folgen das haben würde?"

Chris beschlich das dumpfe Gefühl, dass er damit nicht George meinte. Aber nun waren die Dinge so, wie sie waren.

Als schließlich alle Square Dancer fort waren, ging er ins Büro, um seine Montur zu holen. Da dröhnte Georges Stimme von der Bar. Er war zurückgekommen.

Chris holte tief Luft; er brachte es besser gleich hinter sich.

„Was ist das mit dir und meiner Enkelin, Chris?" George wollte die Konfrontation und tat doch scheinheilig, als müsste er zuerst noch etwas klären? Falscher Hund! Aber das konnte er auch.

„Es gefällt dir nicht, dass Madeline der Square Dance lieber ist als der Tanzkreis. Ich weiß. Soll ich es ihr ausreden?"

„Entweder bleibt Madeline dem Square Dance fern oder wir suchen uns einen anderen Caller."

„Denken Sie, Sie tun Madeline damit einen Gefallen?" Um sachlich zu bleiben, suchte Chris sein Heil in der Distanz.

George wurde blass vor Zorn; er ballte die Fäuste. „Sie hat dich umarmt!"

Er nickte langsam. „Wir mögen uns."

„Wag es nicht! Ich zeig dich an, du ... du ... Playboy."

„Weswegen, Herr Lagrange? Ich kenne meine Verantwortung."

„Madeline ist ein Kind. Sie weiß nicht, was für sie gut ist."

„Wenn Sie es besser wissen, dann wird es Ihnen sicher gelingen, sie zu überzeugen." Chris zog seine Jacke über. Er würde sich nicht auf einen Streit einlassen, bei dem er nur den Kürzeren ziehen konnte.

Aber er würde wachsam sein. Lagrange war alles zuzutrauen.

Madeline bliebe vorerst besser dem Square Dance fern. Aber er konnte nicht mit ihr darüber reden, ohne seine tiefen Gefühle für sie preiszugeben. Und dann wäre sie nicht bereit, Abstand zu halten. Dieses Mädchen kannte keine Kompromisse.

Wenn er nur an sie dachte, brannte eine unbändige Sehnsucht in ihm, sie in den Armen zu halten, zu spüren, wie sie sich ihm öffnete, ihm voller Bereitwillen entgegenkam.

11

„Vorher oder nachher?", mailte Madeline vor dem nächsten Training. Sie hoffte auf nachher. Dann hätte sie Chris für sich. Sie müsste nur noch Marga loswerden, bevor er sie nach Hause brachte. Madeline schaltete den Computer aus. Sie würde einfach nicht mehr in die Mails schauen, bevor sie das Haus verließ. Dann konnte sie so tun, als wüsste sie von nichts und er würde im Anschluss mit ihr trainieren.

Aber Chris machte ihr einen Strich durch die Rechnung, indem er sofort nach der Stunde zum Schichtdienst verschwand. Und das, nachdem er an diesem Abend ständig etwas zu korrigieren gehabt hatte. Das darauffolgende Mal verhielt er sich genauso; und beide Male hatte er überhaupt nicht auf ihre Mail geantwortet.

Sie beschloss, ihn zu konfrontieren. Wenn er wirklich Nachtschichten hatte, würde er tagsüber zu Hause sein. Nach der Schule fuhr sie zu ihm statt nach Hause zu gehen.

Er öffnete die Wohnungstür, ohne vorher zu fragen, wer da wäre. Barfüßig, die Haare zerzaust, einen Bartschatten am Kinn und nackt unter einem Kimono, der nur bis zur Hälfte seiner Oberschenkel reichte: Er kam offensichtlich gerade aus dem Bett. Wenigstens hatte er sie nicht angelogen.

Er starrte sie an.

„Darf ich reinkommen?" Er sah zum Anbeißen aus. Die dunkle Spur feiner Haare auf seiner nackten Brust verlockte, sie mit ihren Fingern nachzuzeichnen. Bei dem Gedanken beschleunigte sich ihr Atem.

Er starrte sie immer noch an, aber in seinen Augen begann es zu glitzern. Er wusste, was sie dachte. Und dachte das gleiche.

Jetzt oder nie! Sie trat näher und da er einen halben Schritt zurückwich, um Abstand zwischen sie zu bringen, war sie in der Wohnung.

Direkt gegenüber stand die Tür zu seinem Schlafzimmer weit offen. Es war groß, aber sein Bett war so schmal, dass er gewiss fast immer alleine darin schlief.

Madeline packte ihn an der Schulter. „Was ist passiert? Warum trainierst du nicht mehr mit mir? Warum antwortest du nicht auf meine Mails?“

Sein Lächeln wirkte recht kläglich. „Du hast es nicht nötig.“

Sie kniff die Augen zusammen. „In welcher Hinsicht?“ Hah! Das Aufblitzen in seinen Augen bewies, dass er genau wusste, was sie meinte.

Sie lehnte sich an ihn. Er hielt die Hände von sich gestreckt, um sie nicht zu berühren. „Und ich dachte ...“ Sie hob ihr Gesicht zu ihm. „Chris, ich liebe dich.“

Einen Moment stand er ganz still. Immerhin, er machte sich nicht lustig über sie.

Aber er schob sie von sich weg. „Madeline, sei vernünftig.“

„Ich denke nicht daran!“ Sie stampfte mit dem Fuß auf. „Wahrhaftig, ich hätte nicht gedacht, dass du so feige bist.“

Chris biss die Zähne zusammen. Es gäbe nur eine Möglichkeit, ihr das Gegenteil zu beweisen. Wenn er das nicht wollte, musste er es wohl auf sich sitzen lassen. „Dein Großvater steht im Begriff, die ganze Square Dance-Gruppe in die Luft zu jagen.“

„Das entscheidet er nicht alleine!“ Sie kniff die Augen zusammen, um die Tränen zurückzuhalten. „Wenn man etwas wirklich will ...“ Abrupt drehte sie sich um und ging. Es hallte durchs ganze Haus, als sie die Tür zuschlug.

12

Danach kam Madeline nicht zum Training. Ohne Ankündigung. Auch bei Hinnerk hatte sie sich nicht gemeldet. Das hatte Chris erreichen wollen, um die Gruppe zu schützen. Und sich selber. Aber sie fehlte – fehlte ihm.

Die ganze Zeit über lagen die bohrenden Blicke der Tänzer auf ihm; alle waren nur halb bei der Sache. Er hatte ein schlechtes Gewissen. Der Gruppe gegenüber. Mehr noch aber Madeline gegenüber. Doch sie würde darüber hinwegkommen. Was ihn selber betraf, so war er sich dessen freilich nicht so sicher.

Kurz vor Ende des Trainings klang Georges Stimme zu ihnen in den Saal.

Wie auf Kommando hörten alle auf zu tanzen.

Chris wiederholte seinen Call. Die Tänzer standen immer noch still. „Braucht ihr eine Erklärung?"

„Ja", antwortete Hinnerk. „Was ist los mit dir und Madeline?"

„Ich glaube, das geht dich nichts an."

„Wie es aussieht, geht es uns alle etwas an." Micky stemmte die Fäuste in die Hüften und kam einen Schritt näher.

Chris zog unwillkürlich die Schultern hoch. „Madeline ist heute nicht gekommen. *So what?* Ihr habt alle schon einmal gefehlt."

„Nicht ohne abzusagen." Tanja hob die Hand, um jede Gegenrede abzuschneiden. „Wir haben sehr wohl mitbekommen, dass es Schorsch nicht passt, dass Madeline lieber Square Dance tanzt. Aber sie ist auch nicht in den Tanzkreis gekommen."

„Siehst du? Es hat nichts mit uns zu tun. Sie wird über ihren Schularbeiten die Zeit vergessen haben. Oder den Tag."

Hinnerk holte sein Handy aus der Hosentasche. „Wir fragen sie."

Chris zuckte scheinbar gleichgültig die Achseln. Madeline würde keine Antwort für Hinnerk haben; dazu war sie viel zu stolz und dickköpfig.

Plötzlich stand George im Türrahmen. „Madeline ist heute nicht hier?" War das scheinheilig oder wusste er es wirklich nicht?

„Das Abitur rückt näher", erklärte Norbert. „Sie hat immer gesagt, dass das an erster Stelle steht."

Carola feixte. „Schön, dass dir daran liegt, dass sie wenigstens irgendetwas tanzt."

George grunzte. „Deswegen bin ich nicht gekommen. Ich muss mit euch reden."

„Gut", sagte Lydia Aydemir. „Wir werden alle länger bleiben." Sie drehte sich um. „Können wir jetzt weitermachen, Chris?" Als ob es nicht die Gruppe selber gewesen wäre, die den Tanz unterbrochen hatte.

Chris wiederholte seinen letzten Call ein weiteres Mal.

Sie tanzten fehlerlos. George beobachtete sie und sie spürten allesamt, dass es etwas gab, was ihre Gruppe bedrohte.

Dann schaltete Chris die Anlage aus. Alle blieben auf ihren Plätzen stehen und richteten ihre Aufmerksamkeit auf George, als sei er ein Juror. Was er in diesem Augenblick wohl auch war.

„Ich habe neulich schon gesagt: Ihr seid gut." Er zog die Augenbrauen zusammen und blickte zu Chris. „Wir sollten euch die Möglichkeit geben, ein regelmäßiges Training sicherzustellen."

„Wir trainieren doch regelmäßig", protestierte Carola lauthals.

„Nun ja." George kniff nun auch die Augen zusammen.

„Aber es geht hin und her mit den Terminen. Auch für Marga und die Turniergruppen ist die Organisation dadurch sehr schwierig." Als ob sich an ihren beiden wöchentlichen Terminen in den letzten zwei Jahren etwas geändert hätte.

„Was hast du vor? Dafür sorgen, dass Chris seine Schichten anders einteilen kann?"

„Ich habe mich umgehört. Der Verein wird einen neuen Caller für euch engagieren."

Chris fiel die Kinnlade herunter. Er hatte geahnt, dass George etwas in der Richtung im Schilde führte; aber dass er so offen damit auftrat ... Der Mann war wirklich alles andere als konfliktscheu.

Norbert grinste breit. „Ich wusste noch gar nicht, dass der Verein uns so sehr schätzt!" Sein Blick ging in die Runde. Er kalkulierte wohl, wie viel Manövrierraum die Gruppe hatte. Viel, dessen war Chris sicher. „Aber ihr braucht euch nicht zu bemühen. Wir könnten keinen besseren Caller als Chris haben."

„Es ist zu mühsam." George klang plötzlich defensiv. Chris bemühte sich, sein Amüsement zu verbergen.

„Wir haben uns mit den Schichten eingerichtet", erwiderte Micky. „Einmal Gruppe, einmal freies Training; kein Problem." Er feixte. „Hinnerk mit seinen Auslandseinsätzen ist eher ein Problem als Chris."

„Einen neuen Mann? Ihr braucht mehr Ersatztänzer?" War es Micky gelungen, George vom Thema abzubringen? „Dann werdet ihr bald Schwierigkeiten mit dem Bestand der Gruppe haben." Jetzt prophezeite er das Ende der Gruppe?

Carola lachte. „Was hast du im Sinn, Schorsch? Erst schmierst du uns Honig ums Maul, jetzt stellst du alles in Frage?"

George lief rot an. Das Mädchen kannte wie üblich kein Fingerspitzengefühl; aber hier war es von Nutzen. Chris begann es diebischen Spaß zu machen, George taktieren zu sehen.

„Ich stelle gar nichts in Frage." Eine klare Aussage; darauf konnten sie ihn festnageln. „Der Verein will euch zu mehr Erfolg führen." Auch darauf konnten sie ihn festnageln. In Norberts Gesicht blitzte Triumph auf.

„Wenn du etwas für uns tun willst: Wir brauchen Madeline bald als feste Tänzerin!" Bettina Hinz streichelte ihren Bauch. „Wenn sie regelmäßig zum Training kommen könnte, wäre sie fit bis dahin."

„Madeline muss sich um ihr Abitur kümmern." George hatte wohl wieder festen Boden unter den Füßen. „Sie wird wissen, wie viel Freizeit sie sich erlauben kann."

Tanja öffnete den Mund; gewiss, um wieder mit ihrer eigenen Schulzeit am Französischen Gymnasium zu kommen.

Chris hob abwehrend die Hand. Es war Zeitverschwendung, mit George zu diskutieren. Der hatte ganz andere Absichten.

„Er hat recht", sagte er stattdessen. Die Square Dancer starrten ihn verblüfft an. „Wir sollten eher mit Madeline darüber sprechen." Er lächelte George so freundlich an, wie er es noch fertig brachte. „Schorsch hat ihr nichts zu sagen."

George wurde noch röter im Gesicht. Gegen diese unverhohlene Ohrfeige konnte er nicht angehen, ohne sich lächerlich zu machen. Die anderen feixten.

„Dann ist ja alles geklärt." Tanja hängte sich ihre Tasche über die Schulter. „Ich muss auch noch pauken für die Klausuren nächste Woche." Sie verzog ihr Gesicht. „Statik; alles Mathematik."

Die Gruppe löste sich auf, ganz gegen alle Gewohnheit ohne einen Plausch an der Bar. Chris fragte sich, was der Alte als nächstes aushecken würde.

13

Drei Tage später wusste er es: Er bekam ein Einschreiben mit einer Vorladung. Während seiner Vernehmung auf dem Revier hörte Chris von draußen Madeline wüten, als sie klarstellte, dass nichts zwischen ihnen vorgefallen war. Es war lachhaft; natürlich.

Aber als er das nächste Mal zum Training kam, fing George ihn am Eingang ab. Er machte ein sorgenvolles Gesicht, als habe er etwas zu bedauern. „Es tut mir leid, Chris. Aber wir können dich nicht weiter beschäftigen, solange der Verdacht gegen dich nicht ausgeräumt ist. Falls sich das herumspricht ...“ Dafür würde George sicher sorgen. „Mehrere der Mädchen sind minderjährig: Unsere Verantwortung den Familien gegenüber ...“

Chris ließ ihn wortlos stehen. Sollte er doch sehen, wie er das den Square Dancern erklärte.

Er war noch nicht die Treppe hinunter, als sein Handy klingelte. Norbert war dran. „Chris, warte bitte auf uns! Wir kommen gleich in die Kneipe.“

Nun würde er der Gruppe alles erzählen müssen, damit sie begriffen, was George wirklich im Schilde führte. Madelines Großvater dermaßen bloßzustellen, hätte er gerne vermieden – aber letztlich war es nicht sein Problem, ob George sich im Vorstand halten konnte oder nicht. Der Mann war schlicht zu alt, um die Welt noch zu begreifen.

Die Square Dancer betraten die Kneipe mit finsteren Mienen. Sie stellten mehrere Tische zusammen und Norbert zog Chris auf den Stuhl neben sich.

„Ich habe eben mit dem Vorsitzenden der „Berlin Bears“ telefoniert: Sie nehmen uns jederzeit alle auf.“ Er grinste breit.

„Wir müssen lediglich unseren eigenen Caller mitbringen, wenn wir weiter als eigene Gruppe tanzen wollen."

„Ihr wollt den Verein verlassen?"

Tanja rieb mit dem Finger über den Rand ihres Glases und ließ es singen. Sie starrte darauf, während sie sprach. „Ach nein; das wäre zu blöd. Axel wäre stinksauer. Und unsere Eltern hätten gewiss kein Verständnis dafür, mir für zwei Vereine die Beiträge zu bezahlen." Sie sah auf. „Es ist doch mehr so, dass Schorsch uns loswerden will."

„Das will er schon immer!" Hinnerk grunzte. „Jetzt hat er einen Vorwand."

„Aber Werner wird nicht auf uns verzichten wollen. Er weiß schließlich, wie viel unsere Auftritte dem Verein einbringen." Andrea Falshagen sagte in dieser Runde sonst nie etwas. Ihre plötzliche Verve war beeindruckend.

„Ich arbeite mit keinem anderen Caller, Chris." Micky nickte nachdrücklich. „Niemand von uns."

Chris blickte Sonja Kramer und Karen Wächter an. „Schorsch wird eure Eltern über die Anzeige informieren. Dann ist die Gruppe nicht mehr zu halten."

„Du meinst, unsere Eltern verbieten uns dann, mit dir weiterzutanzen?" Sonja kicherte. „Da kennst du unsere Eltern schlecht! Sie vertrauen uns."

„Außerdem glaubt niemand so einen Quatsch." Micky schnaubte empört.

Aber Hinnerks Blick lag nachdenklich auf ihm. „Es steckt etwas dahinter. Was ist es, Chris?"

„Madeline."

„Zu solchen Mitteln ist er imstande, um sie aus der Gruppe herauszukriegen?" Carolas Augen sprühten Zorn. „Aber sie tanzt doch schon jetzt nicht mehr mit uns! Was will er noch?"

Chris schüttelte den Kopf. „Es ist mehr. Ich ..." Was konnte er jetzt noch sagen? Was auch immer; sie mussten es falsch verstehen. „Es geht nicht nur ums Tanzen."

Hinnerk stand der Mund offen. Deutlich hörbar klappte er ihn dann wieder zu und presste die Lippen aufeinander. Den anderen stand die Verblüffung im Gesicht; nur Norbert nickte, als wisse er Bescheid.

„Ich halte mich an die Regeln." Chris trank langsam sein Glas aus. „Aber trotzdem ... Es ist einfach eine schwierige Situation."

„Die allenfalls Madelines Eltern etwas angeht, nicht den Schorsch. Ist das Mädel ..." Norbert grinste. „Sie ist mächtig kess, die Kleine. Steigt sie dir hinterher?"

Chris' Gesicht begann zu glühen. „Ich versuche, sie auf Distanz zu halten."

„Das merkt man!" Hinnerk fauchte ihn an. „Du bist in letzter Zeit mächtig garstig zu ihr gewesen. Ich habe mich schon gefragt, was das soll." Er knurrte. „Das ist nicht die feine Art."

„Ja? Und was soll ich deiner Meinung nach tun? Wenn ich sie nicht von mir fern halte, dann ..." Chris verkrampfte die Finger um das Glas.

„Du musst ihr reinen Wein einschenken. Sie macht sich doch falsche Hoffnungen." Hinnerk empörte sich immer mehr.

Tanja lachte amüsiert. „Ich bin sicher, das tut sie nicht." Sie hob die Augenbrauen, als sie Hinnerks irritierten Blick wahrnahm. „Will sagen, Madelines Hoffnungen sind so falsch nicht." Sie blickte von einem zum anderen und grinste immer breiter. „Schaut euch Chris doch an. So sieht ein verliebter Mann aus!" Einen Moment lang stand der Triumph über ihre Entdeckung in ihrem Gesicht. Aber dann fiel das Grinsen von ihr ab. „Nur, wie weit trägt das?"

„Wie weit das trägt?" Chris stieß die Luft aus. „Ich bin doppelt so alt wie sie."

„Oho! Wenn du darüber nachdenkst, dann hast du dich wirklich verliebt!", sagte Norbert.

Chris setzte sein Glas ab und stand abrupt auf. „Ich habe Frühschicht."

Tanja langte nach ihm. „Chris, es gibt keine Garantien in der Liebe. Egal, wie gut die Voraussetzungen scheinen."

Aber in diesem Fall waren die Voraussetzungen schlecht. Oder doch nicht? Madelines Berufswunsch verband sie auch miteinander, weit mehr als der Tanz. Es gab Träume, die sie miteinander teilen konnten ... Arbeiten im Ausland, ein Engagement bei den „Ärzten ohne Grenzen" ...

Während Chris mit klammen Fingern seine Windschutzscheibe freikratzte, kam Hinnerk aus der Kneipe. Nach ein paar Schritten Richtung U-Bahn drehte er um. Er lehnte sich an die Motorhaube und sah ihm zu.

Schließlich wurde es Chris zu bunt. „Du stehst doch nicht hier, weil du dir die Füße abfrieren möchtest."

„Ich stehe hier, weil ich keine Lust auf Bettina als Tanzpartnerin habe."

Chris hörte auf zu kratzen. „Wie bitte?"

„Du hast richtig gehört. Ich will mit Madeline tanzen, nicht mit Bettina. Sie weiß es auch – Bettina meine ich."

„Und warum sagst du das jetzt?"

„Du versuchst seit Wochen, Madeline zu vertreiben. Deswegen ist sie nicht zum Training gekommen; nicht wegen ihrem Abitur."

„Mir wäre nichts lieber als Madeline im Square zu halten ...", stieß Chris hervor.

„Aber?"

Chris streifte das Eis vom Schaber ab. „Kein Aber. Nur ..." Der wachsame Blick von Hinnerk irritierte ihn mehr und mehr. „Es ist nicht gut." Er nahm die Eiskratzerei wieder auf.

Hinnerk schien darauf zu warten, dass er weitersprach. Aber Chris kratzte angelegentlich an seiner Windschutzscheibe herum.

„Ist es dir ernst mit ihr?“

Chris sah auf. „Was meinst du damit?“

„Ich habe mich auch in Madeline verliebt. Sie ist so ein … ein zauberhaftes Mädchen.“ Hinnerks Gesicht verfinsterte sich. „Deswegen lasse ich es nicht zu, dass du sie schikanierst.“

Chris schüttelte den Kopf. „Ich schikaniere niemanden. Schon gar nicht Madeline.“

„Worüber du bei den anderen Mädels mit einem Zwinkern hinweggehst, kreidest du ihr an!“

„Alleine, sie zu sehen …“ Chris begannen die Augen zu brennen. Er biss die Zähne aufeinander, um sich nicht anmerken zu lassen, dass es nicht an der Kälte lag.

Hinnerk beugte sich über die Motorhaube zu ihm und stoppte seine Eiskratzerei. „Du auch!“

Chris senkte den Kopf.

Hinnerk zerrte einen Moment heftig an seinem Arm, dann ließ er ihn los. „Himmel noch mal! Du bist ein erwachsener Mensch, Chris! Sag ihr, was los ist! Rede mit ihr, aber vertreib sie nicht. Mach sie nicht unglücklich.“

„Und was soll ich ihr sagen? Deiner Meinung nach?“ Er öffnete die rückwärtige Autotür und warf den Eisschaber auf den Fußboden. „Steig ein, Hinnerk. Ich bring dich. Sonst frierst du hier noch fest.“

„Danke; falsche Richtung.“ Hinnerk trat vom Auto zurück und hob die Hand zum Gruß. Chris sah ihm nach, bis er im U-Bahnhof verschwand. Er würde gut zu Madeline passen. Allein der Gedanke, wie Hinnerk mit ihr tanzte, schmerzte, dass es kaum auszuhalten war. Wenn er sich nicht der Gruppe verpflichtet fühlte, würde er seine Sachen packen und verschwinden. Dieses ganze Berlin vergessen. Madeline vergessen

14

Madeline tobte immer noch, als die Großeltern zum Abendessen kamen. „Großpapa, hast du gedacht, du kommst damit durch? Oder ich würde es nicht erfahren? Es ist nachgerade unanständig, was du getan hast!"

Bruno fiel aus allen Wolken. „Wie redest du mit Großpapa?"

Konstanze stellte sich hinter Madeline. „Sie hat recht. Es ist empörend, was Schorsch sich geleistet hat."

„Aber was um Himmels willen ist passiert?"

„Üble Nachrede nennt man das wohl. Stalking!" Madeline schob Konstanze beiseite und lief hinaus. Es mochte nicht fair sein, dass sie es ihr überließ, alles zu erklären; aber sie würde Großpapa die Augen auskratzen, wenn er auch nur den Mund aufmachte.

In der Diele blieb sie einen Moment unschlüssig stehen. Dann zog sie sich Stiefel und Mantel an und lief aus dem Haus.

Es schneite wieder und die Luft war klar und frisch. Sie setzte sich in Trab und joggte einmal um den Block. Als sie wieder vor der Haustür angekommen war, stand der Passat der Großeltern noch immer da; natürlich – sie waren ja zum Essen gekommen.

Und hatten ein Gespräch zu führen.

Trotz der dicken Stiefel waren ihre Füße kalt geworden und ihr Gesicht brannte. Aber es gab keine Garantie, dass Bruno ihr den Rückzug in ihr Zimmer erlaubte. Sie zog ihren Schal höher übers Gesicht und lief weiter.

Dann stand sie plötzlich vor dem Haus, in dem Chris wohnte. Aber sie konnte doch nicht zu ihm in die Wohnung gehen; wenn das jemand beobachtete! Frierend stapfte sie auf und ab.

Großpapa könnte einen Detektiv engagiert haben; es wäre ihm zuzutrauen. Der schreckte ja vor nichts zurück. Gegenüber waren viele Fenster hell erleuchtet: Dort konnte jemand hinter einer Gardine lauern. Aber müsste sie ihn dann nicht sehen? Oder es stand jemand bei Chris im Treppenhaus? ... Sie hatte entschieden zu viel Fantasie.

Sie lief weiter hin und her; jetzt jeweils bis zur nächsten Kreuzung. Die Kälte kroch ihr inzwischen unter den Rock. Es waren bestimmt zwanzig Grad unter null. Mindestens. Geld hatte sie keines mitgenommen; so konnte sie sich nirgendwo in einer Kneipe aufwärmen und Taxis fuhren hier auch nicht.

Sie sah sich noch einmal um. Kein Mensch war auf der Straße. Und wenn sie jemand hineingehen sah – wie sollte er wissen, dass sie zu Chris ging? Wenn man sie überhaupt erkannte mit ihrem vermummten Gesicht.

Sie klingelte. Kein Türsummer ertönte und die Gegensprechanlage blieb stumm. Und wenn er gar nicht zu Hause war?

Sie bearbeitete die Klingelleiste; so früh am Abend würde sicher einer der Nachbarn öffnen. Schließlich knackte es in der Gegensprechanlage und eine heisere Frauenstimme meldete sich.

„Ich habe eine wichtige Nachricht für Herrn Rinehart", log Madeline. „Kann ich sie ihm in den Briefkasten werfen?"

Erst kam ein Grummeln, dann summte der Türöffner.

Erleichtert stieß Madeline die Tür auf. Wohlige Wärme empfing sie.

Und was tat sie nun hier? Chris war offensichtlich nicht zu Hause. Sie setzte sich auf der Treppe neben den Heizkörper und zog ihre Handschuhe aus, um ihre Finger an der Heizung zu wärmen. Erst mal auftauen; dann würde es spät genug sein, den Großeltern zu entgehen, wenn sie heimkam.

Die Wärme machte sie schläfrig. Sie lehnte sich an die Heizung und döste. Sie musste noch ihre Hausaufgaben machen, wenn sie nach Hause kam. In Gedanken formulierte sie die ersten Sätze für den Essay über die Politik der OAS. Hoffentlich vergaß sie sie nicht wieder.

Sie schrak auf, als sich die Haustür öffnete. Chris starrte sie einen Moment lang ungläubig an. „Madeline!" Mit zwei schnellen Schritten stand er vor ihr und zog sie hoch.

Feuchtigkeit schimmerte auf seinen Wimpern; Schnee taute auf seinen Schultern. In den Geruch seines Aftershaves mischte sich der beißende Geruch von Qualm und im Gesicht hatte er eine großflächige Prellung.

Madeline streckte ihre Hand danach aus. „Du hattest einen Unfall!"

Er lachte rau. „Nur ein Kratzer. Ein Balken, dem ich nicht schnell genug ausweichen konnte."

„Deine Arbeit ist gefährlich." Sie klang geradezu panisch; wie unziemlich.

***

Chris hörte die Panik in ihrer Stimme. Wie lange hatte sie auf ihn gewartet? Sie kannte seine Schichtzeiten – hatte sie Angst um ihn gehabt? Seine Kehle wurde eng vor Rührung.

Er nahm ihre Hand von seinem Gesicht und hauchte einen Kuss auf die Innenfläche. „Du sorgst dich um mich?"

Sie brauchte nicht zu antworten; ihr Blick sagte alles. Dieses Mädchen war einfach unglaublich. Er schloss einen Moment die Augen, um seine Gefühle unter Kontrolle zu bekommen.

Sie nutzte die Gelegenheit, reckte sich zu ihm hoch und küsste ihn. Fordernd drängte sie ihre Zunge zwischen seine Lippen; er gab ihr nach und ließ sie ein.

Er packte sie an den Schultern und presste sie an sich.

Aber ihre dicken Mäntel verhinderten, dass sich ihre Körper berührten und plötzlich könnte er das nicht mehr ertragen. Er schob seine Hand in ihre Kapuze, fand den Rand des Pullovers und zog mit den Fingerspitzen ihr Schlüsselbein nach.

Madeline antwortete mit einem Raunen, das tief aus ihrer Kehle kam und ihn maßlos erregte.

Schwer atmend löste er sich aus ihrem Kuss. „Ich bring dich nach Hause."

Madeline schüttelte sich. „Mir ist kalt. Ich bin völlig durchgefroren."

Er nickte. „Das wundert mich nicht."

„Kann ich mich nicht erst bei dir aufwärmen?" Ihre Augen glitzerten; sie hatte Hintergedanken. Was bildete sie sich ein? Dass sie ihn verführen konnte? Sie hatte wohl recht.

„Nein!" Er packte sie an der Hand. „Du gehörst mit einer Wärmflasche ins Bett. Zu Hause." Als sie schmollend ihre Unterlippe vorschob, kniff er die Augen zusammen und flüchtete sich in eine zornige Ermahnung. „Wie willst du etwas in deinen Kopf kriegen, wenn du zu krank zum Lernen bist?"

Das half wohl, denn sie nickte ergeben. „Vielleicht hast du recht."

Er nahm sie an der Schulter und schob ihr die Kapuze wieder über die Haare. „Komm; in meinem Auto ist es noch warm."

Madeline verkroch sich in ihren Mantel und schob die Hände unter die Achseln, als sie neben ihm zur Haustür ging. Sie hatte den Kopf gesenkt und sprach kein Wort mehr, bis er vor dem Haus ihrer Eltern hielt.

Sie sah sich um; dann deutete sie auf eins der halb eingeschneiten Autos. „Meine Großeltern sind immer noch da." Sie seufzte und langte nach dem Türgriff. Aber dann wandte sie sich wieder um und gab ihm einen schnellen Kuss auf die Wange. „Nacht, Chris. Nächstes Mal komme ich wieder zum Training."

Nur dass es im Augenblick kein Training gab.

Bevor sie die Haustür erreichte, wurde sie geöffnet. Der wuchtige Umriss von George stand dort im Rahmen.

Seufzend warf Chris den Motor wieder an.

15

Madeline ging wortlos an George vorbei ins Haus. Er sah ihr zu, während sie in der Diele Stiefel und Mantel auszog.

„Wo warst du?"

Sie schob die Unterlippe vor. „Spazieren."

„Bei dem Wetter!"

Madeline zuckte die Achseln, hängte den durchgeweichten Mantel über einen Bügel und trug ihn ins Bad.

Er kam ihr doch tatsächlich hinterher gelaufen. „Ich habe durchs Küchenfenster gesehen, dass du aus Chris' Auto ausgestiegen bist. Das nennst du spazieren gehen?"

„Das ist nicht deine Sache, Großpapa!" Sie ballte die Fäuste, um ihren Zorn zu beherrschen. „Du hast mir nichts zu sagen!"

„Da es um Vereinsangelegenheiten geht, bin ich für dich verantwortlich." Er wurde laut. „Ich lass mir den Ruf meines Vereins nicht von einem hergelaufenen Ami kaputt machen."

Seines Vereins! Wann war er so selbstbezogen geworden? Madeline funkelte ihn an. Es ging ihn nichts an, was Chris in seiner Freizeit tat.

Sie nahm den Föhn aus dem Spiegelschrank und setzte sich auf den Rand der Badewanne, um ihre Haare zu trocknen. Auf die heißeste Stufe gestellt, war der Föhn so laut, dass er hätte schreien müssen, um sich Gehör zu verschaffen.

Er sah ihr einen Moment lang zu, dann drehte er sich um und ging in die Küche zurück.

Madeline ließ sich Zeit. Als die Haare trocken waren, bürstete sie sie ausgiebig und flocht sie schließlich zu einem dicken Zopf zusammen. Dann entfernte sie die zerlaufene Wimperntusche und cremte die von der Kälte geröteten Wangen ein. Ihre Lippen waren aufgesprungen; so sah man ihr nicht an, dass sie geküsst worden war. Sie bedachte ihr Spiegelbild mit einem Kopfschütteln. Sie war nicht geküsst worden; sie hatte geküsst.

Die Trödelei nützte nichts. Großpapa schien entschlossen zu warten, bis sie aus dem Bad wieder auftauchte. Vielleicht war es auch gar nicht so klug gewesen, ihn mit den anderen allein zu lassen. Sie reckte sich in den Schultern und verließ das Bad. In der Diele tauschte sie ihre Hausschuhe gegen Pantoffeln mit hohen Absätzen, um sich noch größer zu machen.

Konstanze stand neben dem Herd und goss Wasser für Kräutertee auf. „Du kannst jetzt etwas Heißes vertragen." In der rechten Hand noch den Wasserkessel, schob sie Madeline eine Tasse zu. Das alles war eine wortlose Botschaft, dass sie wie immer auf ihrer Seite stand.

Madeline holte einen Löffel und Honig aus dem Schrank. „Du bist ein Schatz, *Maman*." Sie stellte sich neben sie, während sie langsam den heißen Tee schlürfte. Eine gemeinsame Front gegen den Großpapa. „Habt ihr noch etwas vom Essen übrig gelassen?"

Konstanze deutete auf den Kühlschrank. „Aber warm machen musst du es dir selber."

„Schon klar."

Großpapa sah zwischen Bruno und Konstanze hin und her und schien damit beschäftigt, die Lage auszuloten; aber er sagte nichts. War es Konstanze gelungen, Bruno auf ihre Seite zu ziehen?

Nachdem die Großeltern gegangen waren, füllte Konstanze einen Teller mit Gemüse und Fleisch und stellte ihn in die Mikrowelle.

Bruno griff in die Schublade und holte Besteck heraus. „Was hast du wirklich gemacht?"

Madeline war versucht, ihm irgendetwas zu erzählen, aber Konstanze hob warnend die Augenbrauen. „Ich war joggen. Und dann war mir zu kalt, um den ganzen Weg nach Hause zurückzulaufen." Nun zögerte sie doch einen Moment. „Ich weiß, wo der Caller der Square Dance-Gruppe wohnt. Da habe ich mich eben von ihm nach Hause fahren lassen."

„Mehr nicht?" Bruno war immer noch argwöhnisch; er hatte ja recht.

Madeline seufzte. „Wenn es nach mir gegangen wäre ..."

Konstanzes Blick sagte ihr, dass sie Bruno besser beichten sollte.

„Ich liebe ihn!" Tränen stiegen ihr in die Augen. „Aber er ... Ich weiß nicht. Er hat mich abgewiesen. Wieder einmal."

„Wieder einmal?" Bruno wurde laut. „Soll das heißen, du hast dich ihm an den Hals geworfen?"

„Ich war mir sicher ..." Ein Schluchzer ließ sie stottern. „Chris sagt, er sei mein Trainer und ich wäre zu jung. Dabei ..."

„Er handelt klug, Kind", sagte Konstanze. „Hast du nicht begriffen, dass du ihn in Teufels Küche bringst? Dein Großvater kennt kein Maß."

„Wie alt ist er eigentlich, dieser Chris?" Bruno ganz praktisch.

Madeline hob die Schultern. „Weiß ich nicht. Ist mir auch egal."

Brunos Augen wurden schmal. „Also deutlich älter. Und was ist das für einer?"

„Papa! Du fragst mich aus, als sei er ein Heiratskandidat."

„Ist er das nicht? ... Wenn es dir ernst wäre ..."

„Er arbeitet bei der Feuerwehr, Bruno. Hat mir dein Vater erzählt." Konstanze lächelte und sie wirkte plötzlich amüsiert. „Möglicherweise verbindet ihn mehr als die Tanzerei mit Madeline. Er ist Sanitäter."

„Er hat eine *Paramedic*-Ausbildung", ergänzte Madeline.

Bruno griff nach seinem Weinglas und leerte die Flasche hinein. Ablenkung oder Zeit zum Nachdenken? „Er scheint jedenfalls ein verantwortungsbewusster Mensch zu sein." Er griff nach Madelines Hand und drückte sie. „Du wirst ihm trotzdem nicht hinterherlaufen. Er wird es dir schon sagen, wenn er an dir interessiert ist."

„Ich ..."

Bruno unterbrach sie mit einer unwirschen Bewegung. „Mach dich nicht zum Gespött. Überdies ... Er würde dich eher verachten." Sein Blick ging zu Konstanze. „Liebe geht anders."

„„Genug jetzt; iss, Kind." Konstanze nahm den Teller aus der Mikrowelle. „Du kannst mit allem zu uns kommen; das weißt du, nicht wahr?"

Madeline nickte mit vollem Mund. Es war genug für diesen Abend. Vielleicht würde Großpapa auch nichts mehr sagen; nun, nachdem er gesehen hatte, dass er allein stand.

16

Achtzehn!

Großpapa sollte es nur wagen, ihr noch einmal dreinzureden. Obwohl er es nicht mehr brauchte. Der Verein hatte Chris zurückgeholt und den Square Dance wiederaufgenommen, aber wegen Brunos Vorhaltungen war Madeline doch nicht zum Training gegangen. Chris wusste, wie er sie erreichen konnte, wenn ihm daran lag.

Stattdessen hatte sie sich am Abend vor ihrem Geburtstag mit Hinnerk zum Tanzkreis getroffen. Es war nett mit ihm gewesen und das Wiederholen der Tanzschritte äußerst sinnvoll. Sie hatte tatsächlich einiges schon vergessen gehabt. Was natürlich ganz dem Zweck der Übung zuwiderlief.

Großpapa hatte wie jeden Freitag an der Bar gesessen und sie geradezu überschwänglich begrüßt. Dachte er, sie würde nun wieder regelmäßig kommen? Wahrscheinlich. Voller Rachsucht hatte sie davon abgesehen, seinen Irrtum zu korrigieren.

Tanja kam mit Hinnerk im Schlepptau in die Pizzeria, in der Madeline ihren Geburtstag feierte. Beide hielten ein überdimensionales Paket in den Händen. Die Größe war ein Fake: So, wie sie sie trugen, waren sie sehr leicht. Grinsend nahm sie ihnen die Geschenke ab und stellte sie an der Fensterfront zu den anderen.

Tanja setzte sich zu den Leuten vom Französischen Gymnasium, die sie immerhin noch vom Sehen kannte.

Hinnerk blieb neben Madeline stehen. „Ich muss gleich zum Flughafen." Er lächelte sparsam und zupfte sie an einer

83

Haarsträhne. „Aber natürlich durfte ich nicht versäumen, gratulieren zu kommen." Sein Blick wurde erwartungsvoll. „Achtzehn. Was wirst du mit deiner neuen Freiheit anfangen?"

„Was meinst du damit?"

Er sah sie scharf an. „Wenn du es nicht weißt ..." Dann verschwand der lauernde Ausdruck aus seinem Blick. „Zum Faschingsball bin ich wieder da. Ich werde doch unsere Verabredung nicht versäumen."

Was für eine Verabredung? Es dauerte eine Minute; dann dämmerte ihr, wovon er sprach. „Ich weiß nicht ..." Sie wandte sich halb ab. „Eigentlich habe ich mit dem Verein nichts mehr am Hut."

„Ach komm! Ist eine gute Übung. Für so etwas hast du die Tanzerei schließlich gelernt."

Misstrauisch runzelte sie die Stirn. „Warum liegt dir so viel daran?"

„Weil mir an dir liegt. Das weißt du doch!" Allerdings. Aber sie mochte ihm keine Hoffnungen machen, die sie dann enttäuschen musste. Das hatte er nicht verdient.

Er gab ihr einen Stups auf die Nase. „So schwer zu entscheiden?"

„Ach Hinnerk; mir liegt auch an dir. Aber ..."

„Ich könnte es falsch verstehen? Tu ich nicht. Aber du könntest mir wenigstens eine Chance geben."

„Noch eine?", brachte sie hervor. Es sollte witzig sein.

„Hatte ich denn je eine?" Seine Stimme war rau; sie hatte ihn verletzt.

Einen Moment zögerte sie, dann schüttelte sie den Kopf. „Ich weiß nicht. Glaub nicht."

„Dann habe ich keine Hoffnungen mehr, dass ich jetzt eine bekomme." Er lächelte wieder, obwohl er doch enttäuscht sein musste. „Aber einen schönen Abend können wir uns machen. In aller Freundschaft." Er sah sie bittend an.

„Also gut. Ich komme." Das konnte sie ihm wohl nicht abschlagen. „Aber wirst du mich denn finden unter all den Masken?"

Er schnaubte. „Es trägt fast niemand eine Maske auf den Vereinsbällen. Die Berliner wissen nicht, wie man Karneval feiert."

„Ich werde trotzdem eine Maske tragen", erklärte sie bestimmt.

Ob ihrer Vehemenz tauchte der Schalk in seinen Augenwinkeln auf. Aber sie meinte es nicht als Scherz. Ob es reichen würde, sich vor Chris zu verstecken?

„Ich werde dich erkennen. Ich werde dir nämlich die Maske liefern." Hinnerks gewohnte Heiterkeit war zurückgekehrt. „Ich bring dir eine mit. Aus Bali oder so. Auf den Flughäfen in Asien wird alles Mögliche verkauft."

Eine Maske aus Bali, das wäre doch mal was!

***

Sie sah furchterregend aus. Hinnerk brachte ihr die Maske zwei Tage vor dem Ball, direkt nach der Landung. Madeline hatte sich dem Ballmotto entsprechend für ein kariertes Biedermeierkleid mit Schinkenärmeln entschieden; aber als sie die Maske sah, änderte sie ihren Plan. Dazu musste etwas Martialisches her.

So kurzfristig bot ihr der Kostümverleih nur noch die Wahl zwischen einem Vampirskostüm mit Flatterärmeln, die wohl die Flügel darstellen sollten, und einem Piratenkostüm, das eigentlich für einen Mann gedacht war. Bei der Anprobe hing das Piratenkostüm an ihr wie an einer Vogelscheuche; sie nahm es trotzdem.

In großen Vereinssaal wechselte sich Gaston Berraque, ein Musikhochschüler, mit einer kleinen Combo ab, die nicht nur Jazz, sondern auch die üblichen Gesellschaftstänze spielen konnte. Im zweiten kam die Musik aus der Konserve, was für

85

den Stellenwert der Disco-Tänze bezeichnend war. Das Vergnügen der Kids wurde auch ein wenig dadurch gemindert, dass der Disco-Sound die nebenan Tanzenden nicht stören durfte. Immerhin hatten sie einen DJ – Chris, der an diesem Abend konsequent englisch sprach, um das Programm von den älteren Vereinsmitgliedern deutlich abzusetzen.

George schob Madeline unerbittlich in den Tanzsaal für die „Erwachsenen", wie er es nannte. Es war genauso, wie sie es befürchtet hatte: Die meisten waren eher lieblos kostümiert; manche überhaupt nicht.

Marga hatte sich alle Mühe gegeben, die Tische mit Luftschlangen und Konfetti dekoriert und quer durch den Saal Lampions an bunt umwickelten Seilen aufgehängt. Das war aber das Einzige, was dem Saal Karnevalscharakter verlieh. Auf allen Tischen lagen mehrere kurze Bleistifte, die selbst George verwundert anstarrte.

Die Großeltern waren unmaskiert – was bedeutete, dass auch ihre Maske wertlos war. Jeder konnte sich denken, wer sie war. Hoffentlich tauchte Hinnerk bald auf und befreite sie aus dieser grauslichen Atmosphäre. Andererseits – nebenan war Chris. Wenn sie zusammen mit Hinnerk dort auftauchte, würde wahrscheinlich auch er sie trotz ihrer schicken Maske erkennen.

Marga ging durch die Reihen – und verteilte Tanzkarten an die Damen. Sie schien sich köstlich über ihren Einfall zu amüsieren. „Das ist stilecht für das Motto des Balls" – an das sich kaum jemand gehalten hatte. Aber keine wagte, den Empfang der Tanzkarte zu verweigern. Marga hatte sie ganz nach traditionellem Muster erstellen lassen: Auf der Außenseite das Logo des Vereins und Platz für den Namen der Besitzerin. Innen alle Musikstücke mit der Angabe von Tanz, Titel und Komponist und darunter eine Zeile zum Eintragen der Tanzpartner.

Natürlich kam alle Welt, um George zu begrüßen. Als der erste der Herren Madeline fragte, ob sie eine Tanzkarte hätte, verneinte sie. George widersprach zornig und sie musste dem Herrn einen Eintrag gewähren. Aber als dann Robert Merck auf sie zusteuerte, strich sie schnell mehrere Tänze aus.

„Mein Partner ist noch nicht da. Das macht es nun etwas kompliziert."

Er lächelte süffisant. „Wenn du mit mir gekommen wärest, ich hätte dich nicht sitzen lassen."

„Hinnerk hat mich nicht sitzen lassen! Er arbeitet." Aber für einen Augenblick war sie sich dessen nicht so sicher. Hinnerk war komisch gewesen, als er ihr die Maske gebracht hatte. Und als sie ihn gebeten hatte, sie abzuholen, war er mit einer fadenscheinigen Rechtfertigung ausgewichen.

Weil sie zögerte, Robert ihre Tanzkarte zu überlassen, guckte George sie höchst ungehalten an. Er öffnete schon den Mund, um etwas zu sagen; da legte ihm Friederike die Hand auf den Arm und bremste ihn.

Das würde ja heiter werden. Wäre sie nur zu Hause geblieben. Mit einem leisen Knurren übergab Madeline Robert ihre Tanzkarte. Aber als er sich zu einem zweiten Tanz eintragen wollte, riss sie sie ihm schnell wieder aus der Hand. Ausgerechnet Robert Merck. „Du hast kein Monopol auf mich!"

„Ach ja? Hinnerk vielleicht? Hast du für ihn die vielen Tänze durchgestrichen?"

Madeline sprang auf, griff nach ihrer Handtasche und riss sich die Maske vom Gesicht. „Lass mich in Frieden!" Den Blick auf George gerichtet, zerriss sie die Tanzkarte in kleine Schnipsel. Er sollte nur wagen, etwas dazu zu sagen. „Wer hatte diese blöde Idee?" Sie schnippte die Papierfetzen auf den Fußboden.

George war rot angelaufen und an Roberts Schläfe pochte deutlich sichtbar eine Ader. Aber keiner sagte etwas; sie wollten keine Szene heraufbeschwören.

„Du brauchst mich nicht nach Hause zu fahren, Großpapa. Ich nehme mir ein Taxi."

Warum war Hinnerk noch nicht da? Der Gedanke, dass sie sich nicht auf ihn verlassen konnte, machte sie noch wütender. Sie schnappte sich ihre Maske und ging. Mit einem absichtlich lauten Knall warf sie die Saaltür hinter sich zu.

Als sie die Tür zum Treppenhaus öffnete, stieß sie mit Hinnerk zusammen.

Grinsend hielt er sie auf. „Ist das Fest schon zu Ende?"

Sie fauchte ihn an, worauf er ihr lachend folgte. „Ich verstehe das so, dass es dir im Ballsaal nicht gefallen hat und du dich von deinen Großeltern verabschiedet hast."

Sie fauchte wieder.

Hinnerk griff nach ihrer Hand und wirbelte sie auf dem Treppenabsatz herum. „Wunderbar. Genauso sollte das sein!"

„Was? Bist du verrückt geworden?" Sie versuchte, sich loszureißen, aber er legte seinen Arm fest um ihre Schultern.

„Komm! Jetzt kannst du dich amüsieren." Er schob sie wieder die Treppe hinauf.

Sie war zu verblüfft, um Widerstand zu leisten. „Was soll das?"

„Ich habe hier auf dich gewartet. Ich ahnte, dass du es nicht lange aushältst. Wir tanzen im Disco-Saal!"

Da begann sie wieder an ihm zu zerren, um sich zu befreien. „Oh nein! Dort gehe ich nicht rein. Chris gibt den DJ!"

„Setz deine Maske auf. Er wird dich nicht erkennen."

Dessen war sie keineswegs sicher. Sie schloss die Augen. „Ich will nicht!"

„Wir sind verabredet; hast du das vergessen?"

„Vor einer halben Stunde." Sie schnaufte entnervt.

„So? Hatten wir eine Uhrzeit ausgemacht?" Nein, das hatten sie nicht. War das Absicht gewesen? „Dass Chris auch da sein würde, damit konntest du rechnen."

„Nein!" Sie trat nach ihm; er sollte sie endlich loslassen. „Er tanzt Square Dance."

„Meinst du, er geht in keine Disco mehr? Zu alt?"

„Chris ist nicht zu alt!" Wieso sagte sie das?

„Nun komm schon!" Hinnerk schob sie durch die Eingangstür zur Bar hinüber. Er ließ sich von Marga zwei Gläser Prosecco geben und stieß mit Madeline an. „Darauf, dass der Rest des Abends besser wird als der Anfang."

Sie stellte ihr Glas ab, ohne zu trinken, und seine Nase kräuselte sich in Amüsement.

Er zog eine Maske aus seiner Tasche und legte den Mantel ab. „Auf in die Schlacht!"

Welche Schlacht? Wieder hatte sie den Verdacht, dass er etwas im Schilde führte. Sie nahm ihr Glas und leerte es hastig.

Hinnerk öffnete die Tür zum Disco-Saal und Marushas *Snow in July* schallte über den Flur. Sie schlüpften schnell hinein. Im gedimmten Licht waren die Tanzenden kaum mehr als Schatten, die sich im Gegenlicht bewegten.

Chris hatte den Kopf ihnen zugewandt. Das Licht, dass durch die geöffnete Tür hereingefallen war, hatte wohl seine Aufmerksamkeit auf sich gezogen. Starrte er sie an? Irritiert schüttelte Madeline den Kopf. Unter ihrer Maske war sie nicht zu erkennen und das zu große Kostüm verbarg ihre weiblichen Formen; in dieser Finsternis erst recht. Dennoch lief ihr eine Gänsehaut über den Rücken.

Chris trug eine einfache venezianische Halbmaske, die das Glitzern seiner Augen noch zu betonen schien.

„Worauf wartest du?", schrie Hinnerk in ihr Ohr. Er zog sie auf die Tanzfläche.

Madeline schloss die Augen und ließ sich in den Rhythmus der Musik fallen. Aber sie spürte Chris' Blick immer noch. Unverwandt. Fragend. Drängend.

Nach zwei schnellen Stücken kam ein Blues und Hinnerk zog sie an sich. „Besser hier als nebenan, nicht wahr?" Er war erhitzt vom Tanz und seine Wärme brannte durch ihr Kostüm. Plötzlich war es ihr zu dicht und sie versuchte, Abstand zwischen sich und ihn zu bringen. Sie tanzte jetzt mit offenen Augen und bei der nächsten Drehung kreuzte ihr Blick den von Chris. Er sah sie tatsächlich unverwandt an.

„Chris hat mich erkannt. Wieso?"

„An deiner Art, dich zu bewegen?" Hinnerk begann, die Melodie mitzusummen. Er wirkte dabei wie eine zufriedene Katze. Was war hier los? Mittlerweile traute sie ihm zu, Chris die balinesische Maske gezeigt zu haben, bevor er sie ihr gebracht hatte. Es wäre nicht einmal ein Umweg gewesen.

Das Stück war zu Ende und sie befreite sich. „Mir ist heiß. Holen wir uns etwas zu trinken."

„Hm. Warte hier. Ich werde die Lage peilen. Du willst sicher nicht, dass dich dein Großvater sieht." Drei Schritte von Chris entfernt ließ er sie los, um zur Tür zu gehen. Er öffnete sie und schaute vorsichtig nach draußen.

Es wirkte nachgerade albern und Madeline lachte laut auf. Erschrocken schlug sie sich die Hand vor den Mund; aber natürlich zu spät. Jetzt hatte Chris sie garantiert erkannt.

Zorn stieg in ihr hoch. Wie dumm, überhaupt hierher zu kommen. „Was lachst du so?", fauchte sie ihn an. Chris hatte überhaupt nicht gelacht.

„Dieses Kostüm passt wunderbar zu dir, Madeline." Wie konnte seine Stimme bei dieser Lautstärke immer noch so weich klingen, als streichle er sie?

Madeline trat automatisch näher. Chris' Blick brannte auf ihr und ihr Herzschlag beschleunigte sich. Sie tat noch einen Schritt. Die Musikanlage trennte sie, aber sein Aftershave erreichte ihre Nase. Oder war es nur die Erinnerung an den Duft? Dass sie mit einem Mann einen Geruch verband, hätte sie sich nie im Leben vorgestellt. „Schön, dass du dich so gut amüsierst."

„Du nicht?" Sein Blick ging zur Tür, wo Hinnerk noch immer stand; dann wieder zu ihr zurück.

Madeline zuckte die Achseln. „Ich habe Hinnerk einen Gefallen getan." Wie gut, dass die Maske die Röte verbarg, die ihr ins Gesicht stieg, als ihr klar wurde, wie missverständlich ihre Worte waren. „Er ... Er hat doch keine feste Tanzpartnerin, weil er so oft unterwegs ist."

Chris nickte. „Ein Problem für den Square Dance. Schon lange."

Madeline wackelte vor Unbehagen mit den Zehen, um nicht von einem Fuß auf den anderen zu treten. Auch ihr Blick ging zur Tür. „Hinnerk wartet."

Chris nickte wieder.

Sie bewegte sich nicht. „Soll ich ..." Sie räusperte sich. „Ich könnte dir etwas zu trinken mitbringen."

„Das wäre nett von dir."

Nett! Sie stürmte davon, um nicht vor seinen Augen zu explodieren.

„Die Luft ist rein!" Hinnerk fasste sie an der Hand und ging mit ihr zur Bar. „Schade, dass deine Großeltern die Maske kennen."

Sie hangelte sich auf einen der Barhocker. „Die sollen mich bloß in Frieden lassen. Tanzkarten!" Sie schnaubte. „Du hast echt was verpasst."

Marga stellte unaufgefordert einen Prosecco und ein Bier vor sie hin. Madeline schob sich die Maske über die Haare und wischte sich mit dem Handrücken den Schweiß von der Stirn. Dann trank sie in einem Zug aus. „Ich möchte nicht wissen, wie sich die Samba-Tänzerinnen in Rio fühlen. Die müssen wegschwimmen in der Hitze dort."

Hinnerk lachte. „Vielleicht gehen sie ja schwimmen."

Madeline hielt Marga ihr leeres Glas hin. Marga zog eine Augenbraue hoch.

„Sie ist achtzehn, Marga. Du kannst sie nicht mehr aufhalten.“

Marga grummelte etwas und schenkte Madeline dann ein. „Wenn du so schnell trinkst, wirst du Schluckauf bekommen.“

„Schluckauf? Ach was, ich wachse doch nicht mehr.“ Wieder leerte sie das Glas in einem Zug. „Das war gegen den Durst. Das nächste Glas trinke ich mit Andacht.“ Sie beugte sich über den Tresen. „Sofern du noch eine andere Marke hast. Dieser hier ...“ Sie rümpfte die Nase.

„Ich habe auch Mineralwasser.“ Marga schien entschlossen, die Aufpasserin zu geben.

„Hat Großpapa Angst, die ach so ehrbaren Mitglieder des ach so renommierten Vereins könnten sich besaufen? Zum Karneval muss man sich betrinken!“ Sie stellte das leere Glas zum Nachfüllen hin und wandte sich Hinnerk zu. „Oder nicht?“

Er zuckte die Achseln. „Ich komme aus Norddeutschland. Dort kann man Karneval noch weniger als hier.“

Madeline griff nach der Flasche, während Marga einschenkte. „Lass stehen; dann brauchst du dich nicht darum zu kümmern.“ Sie grinste. „Er wird alle, bevor er warm wird.“ Vorsichtig fasste sie sich an die Wangen. Sie fühlten sich plötzlich ein wenig taub an. Ulkig.

Sie rutschte vom Barhocker herunter und nahm ihr Glas. „Komm weitertanzen.“ Nach einem Schritt drehte sie sich wieder um. „Marga, ich hab Chris versprochen, ihm etwas zu trinken mitzubringen.“

Marga guckte ein bisschen dümmlich. Dann nahm sie ein Bier aus dem Kühlschrank und öffnete es. Hinnerk guckte auch; aber das sah mehr nach Triumph aus, oder?

Madeline nahm die Bierflasche in die andere Hand und stolzierte zum Saal zurück. Hinnerk war dicht neben ihr; eine

Hand an ihrem Ellenbogen, als wolle er sie stützen. Aber um die Tür zu öffnen, musste er sie loslassen. Der plötzliche Verlust des Halts irritierte Madeline und sie lehnte sich an ihn.

Chris hatte den Blick auf sie gerichtet, als habe er auf sie gewartet. Die Tür war auch schwer zu überhören. Wieso hatte Marga sie nicht längst in Ordnung bringen lassen? Sie war doch sonst so gewissenhaft.

Das Bier schäumte aus der Flasche durch den Schwung, mit dem Madeline es vor Chris hinstellte.

„Danke!" Er ließ die Flasche gegen ihr Sektglas klingen. Die CD war zu Ende und Chris wandte sich schnell zur Seite, um eine andere hochzufahren.

„Haben wir keine richtigen Karnevalslieder?"

„Doch! Nebenan."

Hinnerk trat neben sie. „Wenn du schunkeln willst, musst du zurück zu deinen Großeltern."

Sie knurrte. „Die denken doch, ich wäre schon längst zu Hause." Sie tippte mit ihrem schon wieder leeren Glas an Hinnerks Bierflasche. „Du hast vergessen, den Prosecco mitzubringen."

„Ich?" Hinnerk feixte.

„Na sicher! Du magst mich ja für ein Monster halten, aber drei Arme habe ich doch noch nicht."

„Gib die Hoffnung nicht auf. Vielleicht wächst dir ja noch einer."

Madeline starrte Hinnerk einen Moment lang fassungslos an. Wurde er jetzt garstig? Das ging über die üblichen Neckereien hinaus. Was hatte er denn bloß?

„Lieber nicht. Dann will mich erst recht keiner." Sie hickste plötzlich. Es hatte also gar nichts geholfen, dass sie langsam getrunken hatte.

„Erst recht keiner?" Hinnerks Blick schweifte einen Augenblick ab – zu Chris? „Sind es noch nicht genug, die dir den Hof machen?"

„Pah! Was soll ich mit denen? Milchgesichter. Kinder. Grüne Jungs." Sie nahm den verletzten Ausdruck in Hinnerks Gesicht wahr und schlug sich erschrocken die Hand auf den Mund. „Dich meine ich damit nicht." Die Maske piekte in ihre Finger; sie nahm die Hand herunter.

Aus den Augenwinkeln schielte sie zu Chris. Er blickte unbewegt. „Und dich meine ich damit auch nicht!" Sie hickste wieder; dieses Mal war sie froh darum. Der Hickser überdeckte, wie bitter sie klang.

Chris hob den Kopf ein Stück höher; sein Blick wurde aufmerksam.

Madeline schob die Maske zurück aufs Haar und zeigte mit dem Finger auf ihn. „Du gehörst in die andere Kategorie." Der nächste Hickser unterbrach sie. Chris rührte sich nicht. Sie ging näher, beugte sich halb über die Anlage. „Zu den anderen, die mich nicht wollen."

Chris biss die Zähne zusammen; seine Wangenmuskeln zuckten.

Der nächste, noch heftigere Hickser ließ ihre Hand schwanken und sie stellte schnell das Glas ab, direkt auf die Anlage. Chris streckte die Hand aus. Aber er griff nicht nach dem Glas, sondern nach ihrem Arm.

Sie unterdrückte einen Schluchzer. „Du willst mich nicht!"

„Madeline!" Seine Augen flehten sie an und sie fragte sich, um was er flehte.

„Du hackst auf mir herum."

„Ich wollte dich nicht verletzen." Das klang lahm; das war keine ernstgemeinte Entschuldigung.

Sie blitzte ihn an. „Aber du hast es getan. Mehr als einmal. Und ich ..." Sie sprühte zornige Funken. „Deinetwegen habe ich die Gruppe hängen lassen. Ich kann es nicht ertragen, dich zu sehen!"

Er schluckte heftig.

„Warum stehst du dann hier?", fragte Hinnerk von hinten.

Sie wirbelte herum. „Weil du mich dazu gezwungen hast!“ Sie versuchte, die Musik zu übertönen. „Dabei hast du gewusst, dass er hier ist.“

„Und du wusstest es nicht?“ Hinnerk lächelte sardonisch.

„Madeline.“ Chris’ Stimme hinter ihr war leise; merkwürdigerweise hörte sie ihn trotzdem. Dann merkte sie, dass die Musik ausgesetzt hatte.

Sie drehte sich wieder um und deutete auf die Anlage. „Du vernachlässigst deinen Job.“ Er rührte sich nicht.

Sie blickte zur Seite. Natürlich, sie hatten jetzt die Aufmerksamkeit aller. Das hatte ihr gerade noch gefehlt; wenn das jemand Großpapa erzählte.

Ein weiterer Hickser hinderte sie am Sprechen. Sie presste ihre Hände auf das schmerzende Zwerchfell. Und dann hatte sie das Gefühl, ihr würde gleich schlecht werden. Sie schluckte angestrengt.

Hinnerk schob sie sanft einen Schritt beiseite und trat zu Chris hinter die Musikanlage. „Ich löse dich ab.“ Er drückte kurz Chris’ Arm.

Chris atmete durch und kam auf Madeline zu, den Blick fest auf ihr Gesicht gerichtet. Er kam so nahe, dass sich ihre Hüften berührten und eine heiße Welle stieg in Madeline hoch. Sie griff nach seiner Schulter.

Chris’ Stimme wurde härter. „Du hast zu viel getrunken, Madeline!“

Sie reckte den Kopf. „Na ...“ ein Hickser ... „na und? Ich bin jetzt achtzehn. Ihr habt mir nichts mehr vorzuschreiben!“ Sie versuchte, ihn herausfordernd anzufunkeln; aber sie hatte Schwierigkeiten zu fokussieren. Irgendwie drehte sich der Raum um sie. Dennoch hatte sie das sichere Gefühl, dass sich ein Lächeln auf seinem Gesicht ausbreitete.

„Du bist jetzt achtzehn? Mir scheint, ich habe deinen Geburtstag verpasst!“

„Du warst nicht eingeladen." Der Raum drehte sich schneller und sie stützte sich gegen ihn.

Chris umfing sie mit beiden Armen und führte sie aus dem Saal. „Marga, sie wird etwas für ihren Kopf brauchen."

„Mein Kopf ist tadellos." Sie ließ sich an der Bar auf den Boden rutschen.

„Warum schikanierst du mich, Chris?" Tränen liefen ihr übers Gesicht. „Ich ertrage es nicht, dich zu sehen." Sie lehnte sich an die Holzpaneele und schloss die Augen. Eine Träne tropfte auf ihre Hand.

Plötzlich saß Chris neben ihr auf dem Fußboden und zog sie an sich. „Ich liebe dich auch." Er strich ihr übers Haar, dann erreichten seine Finger ihren Nacken und er streichelte sie mit dem Daumen, während er sie festhielt. Sein Mund war auf ihrer Wange und langsam küsste er ihr eine Träne nach der anderen fort.

„Ich bin doppelt so alt wie du, Madeline. Ich habe keine Ahnung, wie das gehen soll mit uns beiden. Du bist so jung und ..." Er stockte und küsste sie sanft auf den Mund. Seine Zunge spielte einen Moment mit ihren Lippen, dann riss er sich los. „Wer weiß, ob wir eine Chance haben. Aber, Himmel, ich liebe dich. Ich will diese Zeit mir dir haben, egal wie es am Ende ausgeht."

Madeline öffnete die Augen und nahm ihren Kopf so weit zurück, dass sie ihn ansehen konnte. „Wir haben eine Menge mehr gemeinsam als nur das Tanzen." Sie wollte lächeln, aber eine neue Welle Übelkeit überrollte sie. „Es wird schon schief gehen. Irgendwie." Sie krallte ihre Finger in seine Schultern. „Wir erobern uns einen Tag nach dem anderen." Zum Teufel mit dem Schwips! Sie war glücklich.

ENDE

Über die Autorin

Annemarie Nikolaus, gebürtige Hessin, hat zwanzig Jahre in Norditalien gelebt. 2010 ist sie mit ihrer Tochter in die Auvergne in Frankreich gezogen.

Anfang 2001 hat sie mit dem literarischen Schreiben begonnen. Seit 2011 veröffentlicht sie verlagsunabhängig.

Sie hat Psychologie, Publizistik, Politik und Geschichte studiert und war u.a. als Psychotherapeutin, Erwachsenenbildnerin, Journalistin, Lektorin und Übersetzerin tätig.

Die Biografie im Wikipedia: http://bit.ly/r0mwoC

Wenn Sie meinen Newsletter abonnieren, erhalten sie exklusiv Lesestoff zu „Freundschaftspreisen" oder kostenlos.
http://eepurl.com/Ub86b

Homepage: http://www.annemarie-nikolaus.de/
Facebook: http://on.fb.me/JLAN6J

***

Romane und Erzählungen:
Königliche Republik. Historischer Roman. ISBN
9782902412471
Magische Geschichten. Kurzgeschichten für Kinder. ISBN
9782902412488
Die Piratin. Fantasy-Roman. Reihe *„Drachenwelt"*. ISBN
9782902412495

Das Feuerpferd. Fantasy-Roman. ISBN 9782902412501
Die Enkelin. Liebesroman. Reihe *„Quick, quick, slow –
Tanzclub Lietzensee".* ISBN 9782902412518
Flirt mit einem Star. Liebesroman. Reihe *„Quick, quick, slow
– Tanzclub Lietzensee".* ISBN 9782902412532
Zurück aufs Parkett. Eheroman. Reihe *„Quick, quick, slow –
Tanzclub Lietzensee".* ISBN 9782902412525
Verjährt. Historische Krimi-Kurzgeschichten. ISBN 978-
9782902412549
Ustica. Ein Mini-Thriller. ISBN 9782902412556 TB mit Gut-
schein für das E-Book.
Tot. Krimi-Kurzgeschichten. ISBN 9782902412587
Leuchtende Hoffnung – Adventskalender. Bebilderter Science
Fiction-Roman. ISBN 9782902412563

Sachbücher:
Aquitanien: Das Ende eines Krieges. Reihe *„Am Rande des
Weges ..."* ISBN 9782902412570
Suche Reisebegleitung. Reihe „Fliegende Blätter" ISBN
9781499608427.
Junge Welten. Reihe *„Fliegende Blätter"* ISBN
978500971991

Quick, quick, slow - Tanzclub Lietzensee
Weitere Romane aus der Reihe

Annemarie Nikolaus
Flirt mit einem Star

Tanja Walters' heimliche Liebe ist ihr Square Dance-Partner Micky Hasloff. Doch als die Tänzer für einen Western engagiert werden, flirtet sie mit dem Star des Films, Manolo Rioja. Aus Eifersucht sabotiert Micky den Dreh. Ein Treffen mit Rioja und dessen Ehefrau überzeugt ihn, dass nicht der Star ihm im Weg steht, sondern seine eigene Furcht. Wagt Micky nun, Tanja seine Liebe zu offenbaren?
Taschenbuch ISBN 9782902412532
Als E-Book auf allen großen Plattformen

Annemarie Nikolaus
Zurück aufs Parkett

Nach einem schweren Autounfall hat Friederike Lagrange den Turniertanz aufgeben müssen und stattdessen Karriere als Hochschullehrerin gemacht. Nun wagt sie sich zusammen mit einem Kollegen wieder aufs Parkett. Aber als sie mit dem Tanzclub Lietzensee einen Film über Tänze des Barocks plant, will auch ihr Mann wieder mit ihr tanzen. Kann sie ihr Dilemma lösen, ohne einen von beiden zu kränken?
Taschenbuch ISBN 9782902412525
Als E-Book auf allen großen Plattformen

Tine Sprandel
Nele

Die ehemalige Turniertänzerin Nele lässt ihre Terrassentür immer offen. Wegen der Katzen. Ihr Lohn von dem kleinen Putzjob im Tanzclub Lietzensee reicht kaum für sie und ihre beiden Söhne, schon gar nicht für eine Katzenklappe. Eines Nachts überrascht sie einen Mann in ihrer Gartenecke im Hinterhof in Berlin-Prenzlauer Berg. Er gibt vor, seine eigene Katze zu suchen, doch sie hält ihn für einen Dieb. Worauf ist er aus? Auf ihre goldenen Tanzschuhe oder auf ihr Herz?
Taschenbuch ISBN 9781512374131

Tine Sprandel
Treppensturz

Ein Toter liegt in einem Kreuzberger Hinterhof. Der Tänzer Frederik Tapis stürzte die Hintertreppe des Tanzclubs Lietzensee herunter. Neben der Leiche sitzt seine Tanzpartnerin Rita Färber, verstört, mit den Händen vor ihrem Gesicht. Sie ist erst vor zwei Wochen auf Wunsch ihrer Eltern nach Berlin gezogen, nun sieht sie sich vor einer Katastrophe. Außerdem kann sie sich nicht erinnern, wie es zu dem Sturz kam.

Stück für Stück gräbt Rita die Erinnerung hervor. Ihr Ex-Freund Holger Flimms aus München und ihre Liebe zu ihm spielen dabei eine zentrale Rolle. Wer trägt die Schuld?
Taschenbuch ISBN 9781490531229

Marion Pletzer: Tanz bei offenen Türen

Evelyn Sperber-Hummel: Liebe tanzt Rumba